龍のいとし子

戌島百花

富士見L文庫

Ryuno Itoshigo

目次

序

ヴーッ、ヴーッ。

大学の帰り道、ポケットの携帯が珍しく鳴った。大体の交友関係はメッセージアプリで済ませてしまうので、電話なんて随分珍しい。

疑問に思いながら画面を見ると、見覚えのない電話番号が表示されていた。

不審な電話かもしれないとしばし躊躇《ちゅうちょ》した後、鳴りやまないので本当に用事がある人かもしれないと思いなおした。

歩きながら電話を耳に当てる。

「もしもし？」

「宮松柚葉《みやまつゆずは》さんのお電話ですか？」

「はい、そうですけど」

電話から聞こえてきたのは、若い男性の声だ。けれど声の調子は友人に向けるものではなく、仕事関係のような形式ばった硬いものである。

私の名前まで告げられても、心当たりは全くなかった。

「川庄《かわしょう》警察です。実は……」

そして告げられた内容に、思わず足を止めた。

「え？」

それは、幼い頃から離れて暮らしていた父が、亡くなったという連絡だった。

数人の近親者しかいない葬儀はあっという間に終わり、気づいた時にはもう父は骨壺《こつつぼ》に収まってしまった。

葬儀会場の祭壇に飾られた遺影を、ぼんやりと眺める。

遺影は随分若い時のもので、最後に会った二年前の母の葬儀の頃と比べると、少しだけ幸せそうな顔をしていた。

あの時の父は酷《ひど》く泣きはらし、落ち込んでいたからかもしれないが。

父と母の関係はよく分からない。お互い嫌いあって離れて暮らしているのではなさそうだったが、父は連絡も碌《ろく》にしてこなかった。

父も母もなくなった今、その心中を知る手段は何もなくなってしまった。

「柚葉ちゃん」

振り向くと黒紋付姿の照子《てるこ》さんが心配そうな表情で近づいてきていた。彼女は母方の伯《お》母《ば》で、年若い喪主の私を助けてくれた人だった。

「私達はこれから家に帰るけど、柚葉ちゃんはどうする？　一泊ぐらい家に泊まってくれてもいいのよ？」

一人暮らしの私を気遣ってそう言ってくれたが、申し訳ないのと、一人のほうが気楽なので首を横に振った。照子さんは頼りにしているが、私の家族ではない。

それに父とは元々一緒に暮らしていないのだから、家に一人でいる事の寂しさは今更だった。

「いいえ、大丈夫です。私もすぐにタクシーを呼んで帰ります」

「そう？　遠慮しないでね。いつでも、連絡してくれていいから」

「はい。ありがとうございます」

「じゃあ、また連絡するわね。……功《いさお》さんの家の片づけもあるし」

照子さんの言葉にこれからやらなければならない大仕事を思い出し、少し苦い顔をしてしまう。

知らせを受けて行った父の家は、訳の分からない物で溢《あふ》れかえっていた。

不気味な人形、お札、お守り、見慣れない祭壇に鏡や水晶。

父は、拝み屋だった。

怪しげな物達に父の職業を改めて認識させられ、げんなりとした気分になったものだ。

「その時は、お願いします」

素直に頭を下げ、葬儀会場を出ていく照子さんの姿を見送った。

式場スタッフが片づけをしているのが、葬儀の終わりを意識させる。

遺影で下手な笑みを浮かべる父は、実の娘である私にとっても謎の多い人だった。

尤《もっと》もらしい呪文や儀式を欲している人がいて、要望通りに実行するのが仕事だった。

それが本当に効果があるのかどうかは『見えない』私には判断できない。

だから一概に否定はできないのだが、何もそんな変わった職業を選ばなくてもいいのにと何度も思うぐらいにはマイナスなイメージを持っていた。

家族と離れて暮らすようになった原因も、それじゃないかと疑っている。

そういえば、私も記憶がないぐらい小さい頃は変わった事を言う子供だったと母が言っていた。

今はその片鱗《へんりん》もないので大きくなるにつれてその能力が消えたのか、それとも親の気を引きたいだけの嘘だったのかは分からない。

しかし今は平々凡々の毎日を送っているし、拝み屋という奇異な職業に関わり合いになりたくないのは確かだった。

そろそろ、私も帰ろうか。

忘れ物がないか確認するために、葬儀会場の椅子に座って手持ち鞄《かばん》の中身を覗《のぞ》く。

そこには携帯や財布と一緒に、古びた巾着《きんちゃく》のお守りが入っていた。父が昔、作ってくれたものだった。

胡散臭《うさんくさ》いと思いつつ、こうやって私を思ってくれている節があるから父の事を嫌いになりきれない。

何となくお守りを手に取ってみると、いつもと感触が違っていた。信心の浅い私は遠慮なく中身を覗いてみる。中の木の札が縦にぱっくりと割れているのが見えた。

「……どうしよう」

葬儀用の小さい鞄に入れたのが良くなかったのだろうか。二つの欠片《かけら》を指で合わせてみるが、元に戻るわけがない。

溜息《ためいき》を吐き、家に帰る前にコンビニによって瞬間接着剤でも買って帰ろうと決意した。効果を期待しているのではなく、父から貰《もら》った事が重要だからそれでいい。

顔を上げると、知らない人が隣で熱心に父の遺影を見ていた。

一体、誰だろう。

式場スタッフではないと断言できるのは、学生服を着た男子高校生だったからだ。父の知り合いだろうか。家族葬にした為、葬儀の知らせは出していない。しかも、葬儀も終わった後である。

「あの？」

高校生の正体に見当がつかず、立ち上がって声をかけてみると、振り向いてくれた。

なんて、綺麗《きれい》な子だろう。


はっと息を呑《の》む。そんな感想を一般の男子高校生に抱くなんて、初めての経験だった。人目を惹《ひ》くような端整な顔立ちで、それ以上に彼の雰囲気が何処か浮世離れしていた。利発そうな顔をしていて、青年というには幼い。真っ黒な黒髪は健康的で、身長は私が見上げるほどあった。

弓道部や剣道部が似合いそうな、真面目そうな容貌《ようぼう》だった。もし彼みたいな子が学校に居たら女子は大騒ぎに違いない。

彼は一礼すると、真面目な顔で私に言った。

「初めまして、柚葉さん。僕は功さんの弟子の、織本周《おりもとあまね》といいます」

発言が予想外過ぎて、彼の顔立ちを堪能していた私は現実に一気に引き戻された。

「弟子？」

よく知らなかった父が、また一つ遠ざかっていく。

「何のお弟子さんでしょうか」

「拝み屋です」

若すぎる弟子の登場は、父の仕事の胡散臭さを増幅させた。

お父さん詐欺はしてないよねと、思わず亡くなった父に問いかけてしまった。

私にはまるで理解できないが、一部の人にとって『見える』事がステータスに感じる人がいるらしい。この子もその類《たぐい》だろうか。

彼の評価は飛びぬけた綺麗な子から変な子へと、一気に変わった。

「それは……父が、お世話になりました。すみません、知らなかったもので」

戸惑いながらも葬儀を勝手にした事を謝ると、周君は気にした風もなく言った。

「いえ、構いません。葬儀というより、柚葉さんに用があったので来ました」

「私？」

周君は私に向き合い、ひたと目を見据えて言った。

「貴女《あなた》を、守りに来ました」

まるで映画のように彼は言った。

その台詞《せりふ》が余りに自分に不向きなものだったので、少し固まってしまう。私たち以外にいない空間だからこそ、雑音も一切なく聞き間違える筈《はず》がない。

彼が痛いほど真剣な顔つきでなければ、笑いどころだと思って笑っていただろう。

その言葉は現実的ではないように聞こえた。まして、高校生だ。社会的な立場はなく、庇護《ひご》される存在が何から私を守るというのだ。

「私？　でも、何も困ってないんです。父が変な事を言って、すみません」

やっぱり変わった子だったのだろう。

思い返してみれば、自分も高校生だった頃はそういう思い込みの強いところがあった。

彼のプライドを傷つけないようにあしらおうとした私に、周君は自嘲《じちょう》するような笑みを浮かべた。

「こんな見た目では、信じろというのが無茶ですね」

「そんな事は……」

たじろぎながら口では否定したものの、その通りだった。

周君はまた表情を引き締め真面目な表情を作ると、言葉を続けた。

「お守り、壊れたでしょう」

そこで初めて、少しの不安が生まれた。確かに、お守りは壊れている。

周君は拝み屋の弟子だと名乗った。私には見えない世界に暮らす人だ。私が今まで平穏に過ごせたのは、これのお陰だというのか。

まさかと否定しようとして、ふとお守りを渡された時の記憶が蘇《よみがえ》った。

決して、決して手放すなと、父は真剣な表情で何度も念を押していた。

だから私は、真面目に信じてもいないお守りを持ち続けたのだった。その経緯《けいい》を明確に思い出し、少し気が変わる。

何か儀式なり、お守りなりで私の平穏が守られるのであれば、やってもらうべきだろうか。

それで彼も私も気が済むだろう。その程度の気軽さで考えた私に、彼は予想を超える言葉を発した。

「僕と一緒に来てください。すぐに」

「すぐって……」

「この足で、今からという事ですよ」

驚いて周君の顔を見る。黒い瞳《ひとみ》は私を微動だにせず見据えていた。彼は大真面目に言っているのだ。

変わった子である事への確信が益々《ますます》深まっていく。

「今日は無理よ。お父さんを家に連れて帰らなきゃ」

何処に連れていくのか知らないが、もう夕方である。葬儀の後で疲れていたし、家でやる事もまだ残っている。

厄介な事になってしまった。周君の眼力は強く、私に適当にあしらうのを許さない。

今更彼の用件に付き合わないという選択肢はなさそうだった。

ならばお互いの妥協点を探ろうと、頭の中で何日後ならば予定が空いているのかを計算する。

バイトは融通が利くから大丈夫。大学の忌引きはもう全部使ってしまった。明日《あした》は普通に授業に出席するとして、次の土日か。

本当ならばその土日も整理などに使いたいところだけれど、この様子ではそこまでの妥協は無理そうである。

「次の土日は？」

熟慮の末出した提案に、周君は片眉《かたまゆ》を上げて責めるような顔をした。まるで私が、どれほどの事態なのか分かっていないかのように。

そんな顔をされても、こちらが困る。真面目な大学生なら授業や研究室で忙しい。周君の拝み屋としての力量など知る由もないが、高校生の訳の分からない言い分をすぐに鵜呑《うの》みにできるほど器は大きくなかった。

負けじと目を合わせていると、ふと周君が後ろを振り返った。

「もう……見た方が早いですね」

周君が顔を強張《こわば》らせて緊張感を増していくのが、理解できない。何故か淀《よど》んでいるような空気を感じた。

「来た」

不安になるような事を言うものだから、私もその視線の先を辿《たど》った。

葬儀場のロビーがあるだけで特に変わった様子は何もない。参列者の帰ってしまった空間は、ただ広くて寂しいだけだ。

けれど周君は石にでもなったかのように動かないので、私もそのまま玄関の方を見続けた。

すると正面から堂々と平服で入ってくる若い女性がいた。

黄色いブラウスとグレーのパンツ。目は落ちくぼんでいて顔色も悪そうであるが、それを除けば街行く人と変わらないだろう。しかし。

「え……」

決定的な違いに息を呑《の》んだ。

体に重なるようにして、骸骨《がいこつ》の姿が透けて見えるのだ。

これは映画か特撮か。誰かが自分を騙《だま》そうとしているのではと周囲を見回すが、残念ながらこんな葬儀会場で茶化す馬鹿者はいないのだと、常識が私を打ちのめす。

人間じゃない。

暢気《のんき》な私の目を開かせる、衝撃の存在が目の前にいた。何度も瞬《まばた》きをしてみるが、光景は変わらない。

顔色の悪い女性にゆらゆらと骸骨が重なって見える様子は、死神に取り憑《つ》かれたような見た目だった。

「隙を見て、逃げて下さい」

周君はその女性から目を全く逸《そ》らさず、庇《かば》うように私の前に出てくれた。

私は一体、何を見ているのだろう？

そして数秒の後に悟った。これが、父や周君が見ている世界だと。

女性は私達などいないかのように熱心に父の顔写真に目を向け、本当に嬉《うれ》しそうに暗く笑って言う。

「あの男、ようやく死んだの」

良くないものだと説明されなくても、本能で分かる。手が真冬の外気に晒《さら》されたかのように小刻みに震えた。

死そのもののような暗い雰囲気が辺りを覆う。一歩一歩ゆっくりと父の遺影へと近づいていくのをただ眺めている事しかできない。

遺影に向かう女性とすれ違った時、冷気が私の肌を撫《な》でていった。触れればそのまま心臓が止まるのではないかとさえ思う。

周君が今すぐ来てくれと提案した理由なんて、この澱《よど》みの塊のような骸骨を知れば言わずと知れた。これは間違いなく、死を齎《もたら》す。

嬉しそうに遺影を眺めていた女性は、みるみるうちに眉間《みけん》に皺《しわ》を寄せて険しい表情へと変わった。

「……でも変。まだ、いるような気がする……」

常識から外れた存在への恐怖に足が竦《すく》む。息も押し殺した。

どう見ても異様なのに、何故他の人間は気付かないのだろう。

「変、変、変……」

女性はぐるぐると首を動かして周囲を探る。その動きも、奇妙なものだ。

彼女が探す者が私ではないようにと、これ以上ないぐらい誰かに祈る。しかしその願いは虚《むな》しく砕かれた。

女性は私達の方向を見て、口角を吊《つ》り上げにんまりと笑った。


「いた」


間違いなく。私の方を見ていた。

死にたくない。

人生で初めて、それだけを強く思った。

「言《い》わまくも畏《かしこ》き我が水上神《みなものかみ》。呪詛《のろい》の魔気《いき》ぞ泡沫《うたかた》のごとく、雪霜《ゆきしも》のごとく打ち消し給《たま》い、復《かえ》らしめ給え」

突然周君が朗々と声を上げた。呪文のようなそれが終わると机の上に放置されていた水のペットボトルから、自分の手のひらめがけて中身を出す。

流れる水は指の間から零《こぼ》れ落ちていくかと思われたが、生き物のようにうねりながら重力に逆らい細く長くなる。

それはみるみるうちに、一振りの透明な剣を形作った。

醜い骸骨の浮かぶ恐ろしい相手に、水の剣を持って相対する周君は幻想的なほど美しい。

こんな世界、知らない。

「邪魔をするなッ！」

女性は獣のように吠《ほ》えたかと思うと、小さな鞄《かばん》からむき出しの包丁を取り出して私達の方に全力で駆け出してきた。

周君は脇差ほどの水の剣でその包丁を受け流す。相手は小柄な女性なのに、響いた音は恐ろしいほど大きかった。

受け止めた周君も演舞のように滑らかな動きで、とても一般人とは思えない。

目の前で起きている現実についていけず、観客のように見入ってしまう。

壮年の警備員がようやく異変に気付いてやってきたようで、廊下から指さして声を張り上げた。

「あんた、なにやってるんだ！」

周君の刀に加害者だと間違われるかと心配したが、女性が髪を振り乱して包丁を振るっているのを見て、どちらが危険であるか瞬時に判断してくれた。

職務に忠実な警備員は女性を後ろから羽交い絞めにして止めてくれようとしたが、巨漢に振り払われたかのように簡単に吹き飛ばされてしまう。

「逃げて下さい！」

周君が私に叫んだ。声をかけられて茫然《ぼうぜん》としていた事に気付く。

慌てて足を動かそうとしたが、竦《すく》んでしまって石になったかのように動かなかった。

「足が、動かない……！」

周君は眉間に皺を寄せて、荒々しく舌打ちした。

蹲《うずくま》っていた警備員が応援を呼んだのが視界の端で見えるが、悠長に待ってくれる相手ではなかった。

女性は再び周君に対して包丁を真っすぐに突き出してきた。それを周君は横に受け流し、腹を強く蹴《け》り飛ばす。

怪力だが体の華奢《きゃしゃ》さは見かけ通りなのか、女性は吹き飛ばされて地面に転がった。

すかさず女性の手許《てもと》を足で蹴り飛ばして包丁を遠くにやると、周君は私の腕を掴《つか》んで走り出した。

「行きますよ！」

はっと息を呑んだ。その瞬間、足が時を思い出したかのように動き出す。

逃げなければ。

恐怖心が鼓動を早鐘のように打ち鳴らす。全力で外へと飛び出した。

来た時と同じ閑静な住宅街の様子に、僅《わず》かな安堵《あんど》を覚える。風景さえ変わってしまっていたら、いよいよ自分に自信がなくなった事だろう。

しかし、背後の恐怖が終わったわけではない。振り返ると、白い角ばった葬儀会場の建物が見える。何の特徴もない建物でさっきまでは無機質な印象しかなかったが、今はとても不気味に見えた。

「駅に向かって下さい」

周君はそういうと、私を先に走らせた。背後を警戒しながら、後ろからついて来てくれる。

一体、今のは、何？

走りながら、考えるのが止まらない。

幽霊？　妖怪《ようかい》？

父の拝み屋なんて、気を紛らわすぐらいのものだと正直思っていた。仮に幽霊がいたとしてもせいぜい驚かすだけのものだったり、火の玉ぐらいのものだろうと。

あんな肉感のある存在なんて、考えた事もなかった。これほど生死に直結しているなんて。

嫌な想像ばかりが巡ってしまう。日本の行方不明者数とか、考えなくても良い事を。

その膨大な数のどれほどが、常識外の存在による仕業であるのだろう。

人生で初めての明確な殺意が目に焼きついて離れない。

殺されるところだった現実をじわじわと理解する。

考えに気をとられて足元に猫が走ってきたのを避《よ》け切れなかった。

「ぁっ……！」

足がもつれてアスファルトの路上に倒れ込んでしまう。猫を蹴り飛ばすのだけは回避したが、膝《ひざ》を強く打ってしまった。

「痛っ」

周囲の様子を確認すると、茶色の猫が道の端で身を縮こませ、瞳孔《どうこう》の開いた目でこちらを見ていた。

「ごめん！」

反射的に謝りつつも、逃げている途中なのですぐに起き上がって走り出そうとする。その私の背中に野太い声がかけられた。

「気を付けろよ」

思わず振り向いて猫を見ると、迷惑そうな顔をしてゆっくりと歩き出すところだった。

一瞬足を動かすのも忘れて、そのブロック塀の隙間へ消えていく姿に見入ってしまう。

その尻尾《しっぽ》はよく見ると、二つに分かれているように見える。

猫は人の言葉を話さない生き物、だった筈《はず》だ。

「大丈夫ですか？」

声をかけてくれた周君に、茫然としたまま言葉を発した。

「猫が喋《しゃべ》った」

「猫又《ねこまた》です。害はありません」

年齢を重ねた猫は尻尾が二又に分かれ、妖怪の猫又になると聞いた事があった。

……実在したのか。

これが今まで暮らしていた世界の、知らなかった一面。

「追って来てはいないようですが、早くこの地を離れた方がいいです。まだ走れますか」

周君に言われて、自分が逃げている最中である事を思い出した。考えたい事は尽きないが、今は一先《ひとま》ず力の限り走るのを優先しなければならない。

「大丈夫」

どうにか足に力を込めて、再度走り出した。

葬儀会場を出てから十五分は経っただろうか。その内に、バスとタクシーが数台ずつ停車している開けた駅のロータリーが見えた。

駅前周辺には人の姿があったので周君の手を確認すると、いつの間にか水の剣はなくなっていた。見られる前に消したのだろう。

駅に入り改札を抜け、行き先を告げる電光掲示板を見る。

「小谷霧峠《こやぎり》へ向かうので、一番線のホームへ」

「わかっ……た」

流石《さすが》高校生。階段を苦もなく上がる様子には疲れた様子が全くない。一方私は久しぶりの全力疾走にふらふらになりつつ、周君の後に続いた。

向かいの二番線のホームには都心からの帰宅者の姿が多いものの、二十三区外であるこの駅から更に都心を離れる路線を利用する者は殆《ほと》どいないようだった。

丁度やってきた電車に乗り、椅子に深く沈み込むように座る。肩で息をしながら、呼吸を整える。

この車両に乗っている人は少なく、疲れ切っている私の様子を気にする人もいなかった。

隣に座った周君はその浮世離れした雰囲気を除けば、ただの高校生にしか見えない。

胸に今もある恐怖がなければ、白昼夢でも見たと思ったところだ。

腰を落ち着けた事で、漸《よう》く質問する時間ができた。聞きたい事が山ほどある。

「周君……あれ、何？」

常識外の会話を誰にも聞かれたくなくて、小声で尋ねた。

「多分、骨女《ほねおんな》です。妖怪と言えば分かりやすいでしょうか」

「妖怪」

「はい」

猫又の次は、骨女。妖怪なんて、アニメや漫画でしか馴染《なじ》みのない言葉である。

否定したいところだが、自分の目で見てしまった以上はなかった事にはできない。

納得したくないが、納得せざるを得なかった。そこを否定すれば、全ての話が先に進まない。

冗談みたいな話を、無理矢理理解した振りをして質問を続けた。

「私を襲ってきた理由は？」

「柚葉さんと功さんは……よく似ているんです」

今までずっと母親似だと言われてきた私は、父の顔を思い出して片眉《かたまゆ》を上げた。

「見た目ではなくて、その力の性質と言いますか……まあ、雰囲気だと思って下さい。低級の妖怪は見た目よりも、そういった力の性質で人を見分けたりします。彼らにとっては功さんと柚葉さんの区別ができない。もしくは、血縁だとすぐに分かってしまうんです」

父と親子である事を、今ほど嫌だと思った事はなかった。

昔は、余りにも希薄な関係に父を恨んだ時もあった。けれどそれも大人になるにつれて諦《あきら》め、どうでも良くなった。

父と自分の距離感を自分の中で納得できていた。

それがこんな死後になって、とんだ迷惑をかけてくれたものだ。

「功さんは妖怪に恨まれています。その感情を、柚葉さんにも向けてくるでしょう」

酷《ひど》く顔が歪《ゆが》むのを、気付いていながら抑えられない。

お父さん、一体何をしていたの？

詐欺師の方が、まだマシだ。人間にだって殺意を向けられた事などないのに、それがこんな意味不明の存在から狙われているなんて、完全に理解の範疇《はんちゅう》を超えていた。

父が生きて目の前に立っていたとしたら、私は全力で罵声《ばせい》を浴びせていただろう。

けれどその元凶たる父はもう亡くなっている。ただただ理不尽にしか思えない現状を、血の繋《つな》がりがあるというだけで押し付けられたのだった。

理解したくない。だって私、関係ないじゃない。

「説明ぐらい、してから逝ってよ……」

拝み屋は妙な職業だとは思っていた。けれど関わらなくても生きていけると思っていた。

眼を逸《そ》らしてきたそれらが、想像以上の存在となって私に現実を突きつける。

俯《うつむ》いて顔を手で覆い、じわじわと込み上げてくる絶望から自分を守る。

もしも説明をしてくれていたならば、少なくとも心構えだけはできただろう。能天気に大学生活を満喫する事もなく、将来への希望も抱いていなかった筈だ。

あると思っていた当然の日常が、不意に辿《たど》り着けないほど遠く感じる。

逃げ出したい。

今まさに逃げている途中だというのに、そんな気持ちが抑えられない。

ほんの少し前までの、元の生活に戻りたくて仕方なかった。

「こんなに早くに逝くつもりがなかったのかもしれません」

周君はそんな事を言った。父の享年は五十五歳である。確かに、平均よりずっと早かった。

「……もしくは、言えなかったのかも。大事な事ほど、人は口が重くなりますから」

それもありえそうな事だった。私は普通の生活を満喫している事を隠していなかったし、連絡なんてほとんど取っていなかった。

父との距離感は果てしなく遠く、稀《まれ》に顔を合わせる時は何処かぎこちなさもあった。

もっと連絡を取ればよかった。お父さんから連絡が来るまで、なんて意地を張らずに。

でもそもそも、こんなに妖怪に恨まれるような事しないでよ。

意味が分からない。本当に、意味が分からない。

頭が混乱でぐしゃぐしゃだ。

これからの不安と、つい先ほど経験した恐怖に、どっと涙が溢《あふ》れてきた。

涙が次から次へと零《こぼ》れ落ち、鞄《かばん》から白いハンカチを取り出して涙を拭《ぬぐ》う。

年下の前だ。止めなければ。

恥ずかしさが頭をよぎり努力するが、止められるような感情ではなかった。

大の大人が号泣するなんて、珍しいものを見せてしまっているに違いない。困ってしまっているだろう。

けれど気付けば、私の頭を恐る恐る撫《な》でて慰めてくれる周君の手があった。

その優しさが弱った心に染みこんでくる。

歪む視界で彼の顔を見ると、私の目をしっかりと捉《とら》えて離さなかった。


「僕が、柚葉さんを守ります」


二度目の言葉は、すっと私の胸に落ちてきた。涙が自然と止まる。

どれほどの覚悟を以《もっ》て、そう言ってくれていたのかを襲われた後になって知った。

命懸けだ。

それをこんな、学生服を着ているような子がしている事が信じられない。

「でも、周君が危ない」

自分が困ると分かっていながらも、言わなければならなかった。

私の為に命を懸けてくれと、そんな厚かましい願いはない。家族でも恋人でもない年下の彼が、そのせいで危険な目にあうのもまた恐ろしい事だった。

助けて欲しい。でも、危ないから逃げて欲しい。

不安と期待の混じった言葉に、躊躇《ためら》う事なく周君は返答した。

「功さんとの約束です」

それだけで命を懸けるには足りないだろう。父をそれだけ慕ってくれていたのだろうか。

「納得してなそうですね」

困惑している私に、周君は遠い目をして過去を思い出しながら言った。

「恩があります。……僕にとっては、漸く返せる機会が来たといったところです」

告げる様子は何処か嬉《うれ》しそうでさえあった。

恩か。なら、きっと父に助けられた事が昔あるのだろう。

ここまでしてくれる理由が分かり、少し気が楽になる。納得して表情を和らげた私に、悪戯《いたずら》っぽく周君が笑った。

「それに……貴女《あなた》のような方と一緒にいられるのは、僕にとってそう悪い事ではありません」

そんな口説くような言葉を面と向かって言われたのは初めてだった。

赤くなった顔を誤魔化す様に横に逸らすと、電車の音がやけに大きく聞こえる。

堪《こら》え切れないような、噴き出す音が隣から聞こえた。

「からかわないで」

「すみません、でも本当ですよ」

そう言う周君の口元は緩んだままだった。やっぱりからかわれたのかもしれない。

でも緩んだ空気のお陰で、ようやく平常心が戻ってきた。

「……お守りが壊れただけで、こんな事になるなんて。見えるようになったのも、お守りが壊れたから？」

見えたのが猫又だけだったらよかったのに。骨女はあまりに悪意があり過ぎてしまう。

「そうです。お守りは、柚葉さんを見えないようにしてくれていたんです。壁があるようなイメージでしょうか。見えない人間には彼らも危害を加えづらいんですよ」

「さっきの警備員さんにあの女の人はどんな風に見えていたの？」

「正気を失って、怒りに任せて暴れているように見えたかもしれませんね。文字通り、取り憑《つ》かれていますから」

つまり、骸骨《がいこつ》の姿は見えていないという事か。

「水の剣は？」

知らない世界への好奇心から、つい矢継ぎ早に尋ねてしまう。それを周君が嫌がるそぶりはなかった。

「見えています」

「それ、大丈夫なの？」

超常現象を隠さずにいてもいいのだろうか。

不思議に思っていると周君はポケットから紙片を取り出し、小さく指でちぎった。

「何が起こっても、普通を装っていて下さい」

少し笑いながらそんな事を言い、紙を二つ折りにして息をふっと吹きかける。

風に飛ばされただけに思えた紙片は、まるで蝶《ちょう》のようにひらひらと羽ばたいた。

無風の車内を、縦横無尽に飛び回る。そして紙の蝶は、電車の端で携帯をいじっていた男性の膝《ひざ》に止まった。

思わず男性がその変な蝶を凝視すると、蝶は軽く舞い上がった後に一瞬で燃え上がり消えてしまった。

「えっ」

男性の驚いた声がこちらにも聞こえる。周囲を見回すが、私達が知らないふりを貫いているると首を傾げてまた画面の世界に戻っていった。

あんなに奇妙な事が起きたのに、何事もなかったかのようである。

「結局、人は自分に都合のいいように解釈するんです。本当の事でも、幻覚やトリックだと思い込むでしょう。僕達はそれを肯定するだけでいい。説明する方が厄介な事になりますから」

不思議な気分だった。水中から顔を出した時のような、世界が急に鮮明に見える感覚に似ている。

世界は、私が知るよりも不思議で広いらしい。でもそれを喜ぶ事はできない。

命と隣り合わせであるならば、前の世界のままでよかった。

『安全な』家に帰りたい。そんな思いが浮かぶ。

「夢の中にいるみたい」

そんな風に思うのは、まだ受け入れきれていない自分がいるからだ。

「僕が妖怪《ようかい》を退けます。だから、安心してください」

私の不安を読み取った彼は、そう言って励ます様に笑ってくれた。言霊でもあるのだろうか、少しだけ大丈夫なような気がしてくる。

周君は今まで会ったどの高校生よりも大人びていた。一言でいうと、頼りになるのである。

体格はもう十分立派だし、先ほどの動きを見れば武道に秀でているのも分かる。それに加えて、こんな危険な目にあっても動じていないのだ。

私が高校生の頃はこんな人間ではなかった。言葉の失敗で人を傷つけたり、誰かに頼ってばかりいた気がする。

出会った時から普通の人ではない雰囲気を感じたが、こうやって言葉を交わしてみるとより一層徒《ただ》ならぬ人に見えてきた。

これからかける迷惑を思うと、一度きちんとお礼を言わないといけない気がする。

「ご迷惑をおかけしますが、宜《よろ》しくお願いします」

畏《かしこ》まって頭を下げると周君は驚いたような顔をしたが、その後誇らしげに笑った。

「任せて下さい」

頼られて嬉しそうな様子は可愛らしい。大人びていて、でも幼い様子もあって。弟がいれば、こんな感じなのだろうか。

「あの、骨女……だっけ？　退治はできないの？」

骸骨の姿が目に焼き付いて離れない。その恐怖を思い出しながら話すと、周君は少し苦い表情をして言った。

「生身の人間に取り憑いて……正直、僕が一番苦手な相手です。僕の術が、強すぎる」

「強すぎる？」

「退治する事はできても、取り憑かれた人間も無事ではないという事です。追い出す事ができればいいんですが」

申し訳なさそうに話すので、納得するしかない。退治できないなら、確かに逃げるしかないのだろう。

自分の現状が目に入った。手にしている物は最低限しか入っていない葬儀用の小さな鞄だけである。喪服のままで、何処まで行けばいいのか。

心もとなさが胸に湧き上がる。気付けば流れる風景は私の知らない場所に変わっていた。

「これから、どうすればいいの？」

か細い声で聞いてみると、導くような明瞭《めいりょう》さで答えてくれた。

「小谷霧峠に妖怪が見える能力を消してくれる人がいます。その方のところへ行けば、また元通りの生活に戻れます」

小谷霧峠を携帯で調べてみると、二つの県を跨《また》いだ水なし県だった。温泉地以外の地名は知らないような縁のない場所である。ここに行けば助かるんだ。

希望が見えて不安が和らいだ。一生この生活だと言われていたら、絶望していたに違いない。

大丈夫。きっと大丈夫。

手を組み、祈るように何度も自分に言い聞かせた。

窓の外では日が少しずつ低くなり、薄暗闇が広がり出したようだ。全く知らない場所へと、電車は坦々《たんたん》と私を運んでいく。

こうして謎の高校生周君と共に、私は人生の懸かった旅に出る事になったのだった。

第一章

乗り継ぎのため、途中下車した駅に直結した服屋にて、服と靴を買う事にした。普段歩きなれていないパンプスは靴擦れして、歩くだけで痛くなってしまったからだった。

スニーカーとズボンと、それに合う秋色のニットのトップスを適当に買い物かごに放り込む。肩から掛けられる鞄《かばん》も必要だろうと思い、悩む事なく買い物かごに入れた。

逃げやすさ重視だ。金銭に糸目をつけている場合じゃない。クレジットカードがお財布に入っていて良かった。

後ろを振り向くと、学生服姿の周君《あまね》が売り場の服に視線を向ける事もなく、坦々とついて来ていた。

喪服ほどではないが、学生服だって動くための服ではないだろう。それに汚れてしまうかもしれない。

「周君、服選んで。一緒に買うから」

「え？」

驚いた周君が私を見た。そして本気で言っているようだと分かると、慌てて首を横に振った。

「僕は大丈夫ですよ」

そう言われてしまうのは分かっていたが、私も引き下がる訳にはいかない。

周君に万全の状態で妖怪に向き合ってもらいたかったし、もう一つ理由があった。

「迷惑かけてるから。少しでもお返しさせて」

もちろんこの程度では何の御礼にもならないだろう。だからこそ私が彼に感じている恩を少しずつでも返させてもらわなければ、気が済まないのだ。

まだ躊躇《ちゅうちょ》している周君に、強引に言った。

「選ばなきゃ、勝手に買っちゃうよ」

「……分かりました。ありがとうございます」

周君は私が引く気がないのを悟ったのだろう。少し笑って言うと、男性服売り場へと歩き出した。

そしてすぐに適当に選んできたらしい服を持ってきたので、受け取って買い物かごに入れる。

店員のお姉さんに会計をする時にこのまま着ていいか聞くと、快く許可を出してくれた。

有り難い事にその場でタグの糸も切ってくれ、服を受け取って試着室を借りる事にした。

鏡の中の自分は急ごしらえの割には満足な出来栄えで、これで葬式帰りには全く見えない。さっきまでの自分達は、何処からどう見ても親戚《しんせき》の葬儀に出席した帰りの姉弟《きょうだい》にしか見えなかった。

あの美形と血縁があるかもと思われるのは、自分にとってなかなかの精神的重圧だ。通りすがりの人々の視線が周君に吸い寄せられた後、隣の私で戸惑うように揺れるのは多分気のせいではない。

いずれにしても、この場所から先の駅は人が急に少なくなっていくので関係なくなるとは思うけれど。

試着室を出ると、すでに着替えた周君が待っていた。

Vネックのシャツにズボンにスニーカー。パーカーをそこに羽織ったとてもシンプルな装いである。

けれど彼の私服姿は、私に静かな衝撃を与えた。学生服を脱いでしまうと、急に年齢が近くなったように見えたからだ。

身長は私よりも高いし、大きな手は骨ばっていて十分男の人の手だ。適当に選んだだろう服なのに、彼に合わせて作られたのではないかと思うほど似合っている。

出会ってまだ半日も経っていない今、彼の整った顔に無反応でいられるほど慣れてはいないのだと自覚した。

「柚葉《ゆずは》さん、買ってくれてありがとうございます」

申し訳なさそうな顔をする周君に格好いいね、と言おうとして、先ほど私が口説かれるような言葉にとても照れた事を思い出す。

「似合ってるよ」

そんな言葉で誤魔化した。

店員のお姉さんが隠し切れない好意の視線を周君に向けつつ、私達に話しかけてくる。

「お荷物纏《まと》めましょうか？」

「お願いします」

私が答えているのに、視線は周君に固定されている。

無理はない。これほどの美少年、芸能界でさえ数人もいないだろう。彼女は陶酔したような顔のまま、レジで私達の服を紙袋に纏めてくれる。

そんな店員さんの顔が、まるで太陽が雲で遮られた時のように急に暗くなった。

こんな室内で一体何故だろう。何気なく天井を見上げて絶句する。

店員さんの真上には、黒い塊の巨大な何かが張り付いていたのだ。それは体の半分以上を占める大きな口を開けて、店員さんを食べようとしているようにしか見えなかった。

「ひっ……」

慌てて口を塞《ふさ》ぐが、漏れ出てしまった声は取り返せない。

店員さんは不思議そうな顔をして私の視線の先を確認したが、何も見えないので私に困惑の表情を向ける。

「何かありましたか？」

「小さな虫が飛んでたみたいです」

私の代わりに周君が平然と答えてくれる。そして青ざめている私に小さく耳打ちした。

「あれは無害です。知らないふりをしてください」

これほど怖い見た目をしていて、無害なんて事があるのか。けれど彼の言う通りに天井を見ていた視線を下げ、どうにか平静を装おうとする。

黒い妖怪《ようかい》は開けていた口を閉じると、人の手のような四つの足を使って天井を這《は》うようにどこかへと行ってしまった。

「お待たせしました」

店員さんは服を纏めた紙袋を差し出しながら、じっと私を見ていた。

「……ありがとうございます」

その表情には見おぼえがある。心の傷が疼《うず》くのを感じながら、視線を逸《そ》らして紙袋を受け取った。

中学生の時、友人が何気なく父の職業を聞いてきた。その子は私と仲が良く、悪戯《いたずら》に話を広めるような子でもなかった。

だから私は、その子にだけは父の本当の職業を伝えてみたのだった。その時の友人の表情と、先ほどの店員さんの表情はよく似ていた。

普通ではない人を見る顔だ。友人は「そういうの、言わないほうが良いよ」と私に忠告してくれた。

その言葉ほど、以後の人生で役立った言葉はない。

けれど今や異質なのは父親の話題ではなく、私自身となってしまった。

店員さんの視線から逃れるように、足早にその場を去る。周君は何も言わず、ただ私に従うようについてきてくれた。

早く『普通』に戻りたい。

胸の中のやりきれない何かを、重い息と共に外に出す。

駅のホームに移動する前に、ロッカーへと紙袋を預ける事にした。随分身軽になったが、日常をそのまま手放してしまうような寂しさがあった。

これを取りに来るのはいつになるだろう。

「じゃあ、行きましょうか」

「うん」

人気のない改札を移動し、すっかり夜の風景になったホームに立つ。

壁際に設置された自販機で、周君は武器にする為に水を買っていた。

灯《あかり》の下で二人で肌寒さを堪《こら》えながら待っていると、煌々《こうこう》と明るい電車が目の前に止まる。

扉が開くのを待ち中に乗り込むと車両に他の乗客は誰もいなかったので、贅沢《ぜいたく》に二人でゆったりと座席に座った。

「次に降りる駅は当分先です」

「分かった」

駅の間隔が都内に比べると随分ある。携帯の残りの充電量を気にしながら停車駅を調べてみると、四十分以上は乗っていなくてはならないようだった。

周君はぼんやりと車内広告を見上げている。そういえば、彼の携帯を見た事がないのに気が付いた。家庭の教育方針なのだろうか。

自分は暇な電車の中では片時も携帯を離さないタイプなので、随分不便だと勝手に思ってしまう。彼が何者なのか知りたいし、暇つぶしがてら話しかけてみようか。

「お父さんとは、どうやって知り合ったの？」

「昔、助けてもらったんです」

「妖怪関係？」

「まあ、そうですね」

そこで話が終わってしまう。あまり詳しく説明したくなさそうだった。静かすぎるので、更に適当な話を振る。

「周君って、勉強できそうだよね」

「そうですか？」

「うん、眼鏡とかかけても似合いそう」

「なんですか、それ」

印象だけで話すと、笑ってくれた。高校では真面目な優等生に違いない。生徒会長だったりすれば完璧《かんぺき》だ。

「本当のところは？」

「どうでしょう。遊んでばかりで、意外に成績悪いかもですよ？」

それはそれで面白いからいいと思う。この度胸があれば、何処でもやっていける人だろうから。

「どこの高校に通っているの？」

「秘密です」

そう悪戯っぽく誤魔化す周君に、助けてもらっている立場で強く聞く事はできなかった。

「敬語使わなくていいよ」

仲良くなりたくてそう提案してみた。けれど返ってきたのは予想外の言葉だった。

「すみません、使わせて下さい。親しくなりすぎるのも困るでしょう」

困るって、どっちが？

怖くて聞けなかった。人から拒絶されるのが、痛い。

思わず真顔になって周君を見ると、私以上に苦し気な表情をしていた。

「別れる時に、辛《つら》いじゃないですか」

私達の関係は、別れる前提のものなのか。それが嫌だなんて、我儘《わがまま》を言える立場ではなかった。

だって、彼は私を助けてくれるのだ。それ以上を望む事なんてできない。それなのに何故こうも胸が痛むのだろう。

面と向かって言われたから？　そのせいだけであればいい。

「そっか……ごめんね」

「いえ」

曖昧《あいまい》に笑って言うと、気まずい沈黙が降りた。けれど、また余計な事を言ってしまうのが怖くて何も言いだせない。

横目で見ると、視線が合わない事を拒絶されたかのように感じてしまった。

周君は、綺麗《きれい》だ。仲良くなりたい女性は多いだろう。だから、いつもそうやって不必要に関係を作らないようにしているのかもしれなかった。

ただでさえ面倒をかけているのだ。この上、煩わしさまで感じさせてはならない。

それに年下に鬱陶《うっとう》しがられるような人づきあいは、見苦しいものだろう。そう思うと益々臆病《ますますおくびょう》な気持ちが大きくなっていく。

胸につまった陰鬱《いんうつ》な気分を出したつもりはないが、周君はその空気を察してしまったようだった。

眉《まゆ》を寄せて、弁解するように零《こぼ》した。

「……僕と貴女《あなた》の違いを、自覚する時が来るでしょう。その時、きっと柚葉さんは離れたくなる」

「そんな事ない」

鬱陶しがられていなかった事に心底ほっとする。

けれど、離れたくなるとはどういう意味だろうか。とてもそんな未来が予想できず否定したが、周君は納得していないようだった。

何が違うのだろう。妖怪を今まで見てきたからこその、何かがあるのだろうか。

「そんな事ないよ、きっと」

念を押して言ったが、周君は曖昧に笑って誤魔化した。

通じない事にもどかしさを感じつつも、それ以上は言えなかった。

しばらく窓の外の景色を眺めてみる。電車に揺られている内に、段々と瞼《まぶた》は下がっていった。

目指す駅は確か、まだ随分先である。

怒涛《どとう》の半日の疲れもあって、気付かない間に私はすっかり寝入ってしまったのだった。

◆

「お父さん、何処にいくの?」

玄関から何処かへ向かおうとする父の背中に、ウサギのぬいぐるみを強く抱きしめた幼い私が問いかけた。

これは昔の夢だ。

宙に浮いたような視点で過去の自分を眺める。

当時の家ではないので、仕事の滞在先に連れてこられたのだろう。旅行ではないのでする事も何もなく、幼い私は父においていかれるのを不満げにしていた。

「ごめん、柚葉。お仕事が終わったら一緒に遊ぶから、それまでウサギちゃんとお留守番していてくれるかい？」

父はそんな事を言いながら、私の頭を撫《な》でる。けれど私の目は益々吊《つ》り上がるばかりで、毎回の事に不満を募らせているようだった。

夢の中の父の顔を見て、ああこんな顔だったと明確に思い出した。

目じりの下がった情に厚そうな、優しい顔だ。けれど成長した私が見てみると、口元は少し引き締められて心に何処か引っ掛かりがある様にも見えた。

そういえば、あのウサギのぬいぐるみは何処に行ってしまったのだろう。昔はよく持ち歩いていたのを朧《おぼろ》げに覚えている。

寝るのにも遊ぶのにも、必ず持っていくほど大のお気に入りのぬいぐるみだった。それなのに、いつ手放したのか全く覚えていない。

「お父さんなんて、キライ」

完全に拗《す》ねてしまった私に、父は傷ついたような顔をした。それでも私に構ってはくれず、扉に手をかける。

父の心の引っ掛かりは、幼い私に構っていられない事だろうか。それとも、妖怪《ようかい》という危険な運命に巻き込んでしまった事かもしれない。

「……ごめんね、柚葉。すぐ、近くのおばちゃんが来てくれるから、その人にお世話になるんだよ」

開いた扉の向こうは木々が生い茂る山の中の風景だった。嵐のような酷《ひど》い大雨が降っている中を、父は躊躇《ためら》いもせず出かけて行ってしまう。

ざあざあ、ごうごう。

外の大きな音が耳を苛《さいな》む。私は一人残された部屋を振り返って、力ない足取りでテレビの前の座布団の上に座った。

確かこの頃は母が仕事で忙しかったような気がする。だから父は依頼された村の中で、私の世話をしてくれる人を確保したのだった。

子供にとっての待ち時間は、とても長い。そわそわと私は珍しい物のない室内に視線をさ迷わせる。なんだか怖くなってきたようで、腕の中のウサギに話しかけた。

「ウサちゃんが、守ってくれるんだよね？」

思い出した。このウサギは、父がそう言って渡してくれた物だった。

だから私は片時も離さずにいたのだ。今、私が持っているお守りと同じように。

きっとウサギも、父の護身の術がかかっていたに違いない。

少女は縋《すが》るように、ウサギを胸に抱え込んでいる。それを手放せば自分がどれほど恐ろしい目に遭うか、知っているかのようだった。

突然、外から轟音《ごうおん》が聞こえてきた。岩でも落ちたのかという震動が部屋を揺らす。

私は驚いて窓に駆け寄り外を眺めたが、木が生えるばかりで変化は見えなかった。

「……お父さん！」

恐怖が最高潮に達したようだった。もう耐えられなかったのだろう。

少女は大急ぎで靴を履き、鍵《かぎ》を回し開けて外に飛び出していく。阻むような大雨を躊躇いもしなかった。

それから……それから、どうしたんだっけ？

夢は、そこで終わってしまった。

◆

周が肩に重みを感じて隣を見ると、目を閉じた柚葉が寄りかかってきていた。

それを嫌がる事もなく、寧《むし》ろもたれやすいように姿勢を変える。

間近の顔に魅入られるように、丹念に観察した。

長い睫毛《まつげ》、薄い唇、艶《つや》やかな黒髪。

「綺麗になりましたね」

そう呟《つぶや》く周の様子は優しく、甘やかすようでさえあった。若い見た目をしていながら、醸し出す雰囲気は怪しく大人びている。

その姿を柚葉が見ていたら漂う色香に、警戒さえしただろう。しかし現在、疲れから深く寝入ってしまった柚葉は気付く事ができなかった。

「これで漸《ようや》く、恩が返せる」

眠る柚葉の頬をそっと撫でながら、何故か切ない表情を浮かべると、別れを惜しむ猫のように頬ずりした。

彼女が目覚める時まで、労《いたわ》るように優しく撫でながら、周は柚葉を守り続けたのだった。

◆

突然の大きな揺れに目が覚めた。慌てて周囲を見回して、状況を探る。

「何？」

「柚葉さん、起きましたか。……電車が止まったみたいなんです」

隣にいた周君はそんな事を言いつつ、ゆっくりと立ち上がった。眠っていた時に、彼の肩付近に頭を寄せていたような気がする。

どうやら周君の肩を枕にしてしまっていたらしい。恥ずかしい。

けれど悠長に謝ったりしている場合ではなさそうだった。動いているはずの景色は、木々の多い場所で止まってしまっている。

何処かの駅に停車している様子でもない。途中で止められたのだ。

「目的地まで、あと数駅なんですが。そう上手《うま》くはいきませんね」

そんな事を言いつつ、周君は緊迫感のある目で電車の連結部分の方角をじっと見ている。

「来るの？」

「はい」

二回目ともなれば私にも状況が分かった。私も立ち上がると、警戒する彼に守られる様に背後に回った。

私達の他に誰もいない電車は、まるで大きな棺桶《かんおけ》のような不気味な雰囲気に包まれている。

遠くの車両で、窓ガラスが割れた音がした。何者かが侵入したのだ。誰かなんて、聞かなくても分かる。

鼓動が速くなり、緊張感が増していく。まずい事に最後尾の為、逃げ場がない。

周君は手に水の剣を生み出し、真剣な表情で一点を見つめ続けていた。

水の剣はガラスの美術品のように美しいのに、物騒な怪しい輝きを宿していた。

「柚葉さん。そうならないように努力しますが……最悪の場合、僕は人ごと斬ります」

それは、人を殺すという意味だろうか。

恐ろしい事を言っているのに、周君の表情は動揺している様子がない。聞き間違いだったのかと思ってしまうほど、平然としていた。

彼は本当に、ただの拝み屋なのだろうか。そんな覚悟、易々《やすやす》とできるものではない。

傍に立つ、守ってくれるはずの存在がとても遠く感じた。

これが私と彼の『違い』？

思わず凝視してしまったのを感じたのだろうか。横顔で周君は小さく零《こぼ》した。

「本当は……怖がられたく、ないんですが」

自分の心を見透かされて、息を呑《の》んだ。困ったように眉《まゆ》を寄せる表情に、彼の本心を垣間見る。

なんで怖いと思ったの。全部、私の為の覚悟なのに！

僅《わず》かでも他人事《ひとごと》のように感じてしまった自分に腹が立つ。それは、私を含めた二人の重荷だ。

それをまだ先の長い彼に、背負わせてはいけないと強く思う。

唇を噛《か》みしめ、打開策を探そうと周囲を見回す。

扉を手動に切り替えるドアコックを目の端に見つけ、急いで近づいて注意事項を読む。

今が非常時でなければいつが非常時だ。躊躇《ちゅうちょ》なくレバーを動かすと、何処かから空気が抜けるような音がする。

「柚葉さん？」

「逃げるの！」

周君に、殺させてはいけない。

強い決意で逃げようとする私に、周君は口元を少し緩ませて言った。

「……名案ですね」

手動になったものの、扉はとても重かった。足を踏ん張り、取手に手をかけ全力で動かして、ようやく少しずつ動く程度だ。

私を扉側にして周君が立ち、隙間に手を入れて押し開くと、重かった扉がみるみる開いていく。周君は見た目以上に力持ちらしい。

ほっとしたのも束《つか》の間で、冷たい声が耳に届いた。

「憎い。……邪魔をして。悔しい……」

振り返ると連結部分の扉に、あの骸骨《がいこつ》の影に取り憑《つ》かれた女性が立っていた。

刃物を持ち、向けられる殺意の視線は二度目でも鳥肌が立つほどの恐怖がある。

侵入する時に窓ガラスで傷ついたらしく、腕から血を流しているのに全く気にする様子もない。

骨女《ほねおんな》にとって、人間の体なんて取り換えの利く道具でしかないようだった。やりづらそうに周君が苦い顔をする。

「……死んでよ」

その言葉と共に、女性が周君に飛び掛かってきた。

近寄る速度は息を呑むほど速いものの、単純な動きだった為に足を払って簡単に床に倒す事ができたようだった。

その隙に私は電車を飛び降りる。なかなかの高さだったので、足が痺《しび》れるような感覚がした。後に続いた周君は線路に無駄な動作もなく降り立つ。

周囲は建物が疎《まば》らにあるものの、山が目の前に迫っていた。人影もなく、田舎であるのは間違いない。都会とは違う森の空気と、騒がしい虫の音が遠い所に来た私を出迎えていた。

街灯のある道路が線路に並行してあるが、車の通りは全くない。他に行けそうな道もないので、その道を進もうとフェンスに足をかけた時だった。

背後で肉が降ってくるような音がした。

振り向くと受け身も取らず、地面に飛び降りた女性の姿があった。

異様なのは痛々しい音をさせたのに、全く意に介していない様子だった事だ。それを見て、私がどれほど難しい事をしようとしているのかを悟る。

殺さないのと同時に、死なせないようにしなければならないのだ。

立ち上がり走り寄る女性に、周君が厳しい表情をして呪文を歯切れよく唱えた。

「行《ぎょう》、神《じん》、変《ぺん》、通《つう》、力《りき》、縛《ばく》！」

まるで見えない縄に縛られたかのように、女性の動きが止まった。

「長くは持ちません！」

急いでフェンスを越えて道に出る。暗がりへと行く勇気はなく、街灯の下をひた走る。

見知らぬ土地で、どこへ逃げればいいのか分からない。

後ろから骸骨の姿が追いかけてくるような気がして、必死で走った。

隣を走る周君が正面を指さした。

「鳥居が見えます。境内に逃げましょう」

月明かりに照らされて、確かに大きな鳥居が見える。神社の中ならば、邪《よこしま》なものは入れないに違いない。

希望が見えたのも束の間で、背後からは足音が聞こえてくる。

後ろを振り向くと顔に痣《あざ》を作った女性が、仮面のような無表情で走ってきていた。

周君が宙に絵を描くように指を動かして呪文を唱えると、再び女性の動きが止まった。

「縛！」

もがく様に体をよじる。その度に、何かが引きちぎれるような嫌な音がした。

「……これ以上術をかけると、あの人の体が持ちません」

周君はそう言って一瞬躊躇《ためら》った後、かけた術を払うような動作で解除した。

女性は自由になった体で、ふらつきながら私達を追ってくる。

今の状況で骨女が私達を倒せる力は残っていないように見える。しかしそれは、女性の体がそれほど痛めつけられている事を意味していた。

神社の境内に入って私達が助かったとして、彼女はどうなるのか。

何の顔見知りでもない赤の他人だ。ただ、運悪く取り憑かれただけの人である。ここで漸《ようや》く、私はもう一人の被害者に気が付いた。

自分の事だけで精一杯だった。けれど言い訳に何の意味がある。彼女は私に巻き込まれて、命をすり減らしているのだ。その事に胸がつぶれる思いがした。

誰か、助けて。

自分の為ではなく、彼女の為に強く祈った。

いつの間にか神社の下に辿《たど》り着いていた。参道の階段を上りながら先を見上げると、神主姿の白髪の老人が立っていた。この神社の神主さんだろうか。

「逃げて！」

更に巻き込む人を増やしたくない。そう思って声をかけたが、神主さんは動かない。近づくにつれて、神主さんが和弓を手にしている事に気付いた。年相応の細腕だが、しゃんと背筋を伸ばし、仁王立ちして弓を女性に向ける。

矢は番《つが》えられていなかった。けれど、まるで存在するかのように弦を引く。

「エイーッ！」

威勢のいい矢声《やごえ》と共に弦が離されると、突如現れた光の筋が矢のように鋭く、背後に迫っていた女性を射貫《いぬ》いた。

「うっ」

小さな悲鳴と共に骨女が女性の背中から剝《は》がれた。表情のない骸骨であるのに、どうして向けられた憎悪が分かってしまうのだろう。

骨女は足元に今まで取り憑いていた女性の体が転がっているのを見るや、一目散に暗がりの中へと宙を滑るようにして遠ざかっていく。

「縛！」

周君は術をかけたが、骨女の方が早かった。あっという間に姿が見えなくなり、闇に消えてしまう。

「逃げられましたね」

周君が眉間《みけん》に皺《しわ》を寄せて、悔しそうに言った。

その消えた先をしばらく警戒して見続けていたが、数分経ってなんの気配もない事を確認してようやく安心した空気が流れる。

「ありがとうございます。助かりました」

神主さんに向かって礼を言うが、皺の刻まれた顔は厳しいものが浮かんでいた。

「マレビト来むと、珍しくお告げがあって来てみれば……エライものを連れてきおったな」

神主さんはそんな事を言い、倒れた女性の方に覚束《おぼつか》ない足取りで近づいていく。ご高齢なようで、足腰が弱いようだった。

私も彼女に駆け寄って仰《あおむ》向けにし、顔を確認すると意識はないようだった。

「大分気力が落ちとる。病院に連れて行かないといかんが、その前に禊《みそぎ》をせんと」

「僕が連れていきます」

周君が意識のない女性の体を横抱きにして持ち上げる。

「よし、拝殿の方に連れてきとくれ」

階段を上り切ると、歴史を感じさせる木造の社殿が目に入る。流れる神聖な空気に、ここが安全な場所である事を肌で感じる。

神主さんに続いてしめ縄の懸かった建物の中に上がらせてもらい、その中央に女性を横たえさせた。ここが拝殿だろう。

神主さんは和弓を置き、白い紙を垂らした御幣という道具を振るう。その度に、彼女の顔色が少しずつ良くなっているような気がした。

祈禱《きとう》は幾度か見た事があったのに、今回は以前とは違う神聖さを確かに感じた。それは私が感じる事のできる目になったからだろうか。

それならば、今まで随分大切な事を見過ごしてきたように思う。

この人が死なないでと願うばかりで、何もできなかった。それなのに、神主さんが見事に助けてくれた事に感謝しかない。

一通りの祈禱を終え、神主さんは私達の方を見た。

「後は一晩、ここで身を清めればよかろう。さて、お前さん達は厄介なものに狙われてそうだが、どうしたんかね」

私は立派な祈禱を見せてもらった後に言うのが恥ずかしかった。

「父が、拝み屋をしてまして……妖怪《ようかい》に恨まれているようなんです」

「そうか。お父様は拝み屋か」

けれど神主さんは馬鹿にするどころか、真逆の発言をした。

「ご立派だ」

「え？」

父が立派だなんて、言われた事がない。

驚いて神主さんを見ると、優しい笑顔を浮かべていた。

「妖怪に恨まれるほど、真面目に人を助けてきたという事。私も同じようなもんで、神に仕えるかどうかぐらいしか違わんよ」

その一言で自分の中の偏見に気付いてしまい、愕然《がくぜん》とした。

胡散臭《うさんくさ》くて、家族なんて気にかけなくて、好きに生きている父という存在。その虚像が壊されていく。

私は、大きな失敗をしたのではないか。

それに気付いて、頭から血の気が引いた感覚がした。だってもう、その過ちは取り返す事ができない。

雷に打たれたように立ちつくす私に周君が様子を窺《うかが》ってきた。

「どうしましたか？」

わずかなためらいの後、とりあえず場を流すためだけに小さく答えた。

「……何でもない」

本当は何でもなくない。けれど胸の内の衝撃が大きくて、すぐに口を開く気にならなかったのだ。

「それで、どうするんかね。今また外に出ても、同じように襲ってくるかもしれん。社務所なら寝られるが、泊まっていくかね？」

確かに時間はもう遅くて道も見えない。興奮で麻痺《まひ》していたが、体は疲れ果てている。

「お願いします」

周君と共に頭を下げる。今はただ、休息を欲していた。

社務所の中にある狭い部屋に寝具を並べると、自然と周君と隣り合うように寝る事になってしまった。

◆

正月やお祭りの時期は帰らず作業をするようで、その為に社務所に寝具があるらしい。

暖房器具もあって、狭いわりに快適な空間である。

畳の上に敷かれた布団の中で、天井の木目をぼんやりと眺め続けた。

疲れているはずなのに、いざ横になると色々と考えてしまって眠れない。

背中を向けていた周君が寝返りを打ったので視線を向けると、目が合ってしまった。

「眠れないんですか？」

「うん。……そうなの」

静かな空気の中で、虫の音と小さな話し声だけが耳に入る。都会とは違う音が、とても優しくて心地いい。

「何を考えていたんです？」

「お父さんの事」

周君も眠れなかったのかもしれない。肘《ひじ》をついて、聞く体勢になった。

「お父さんは、どんな仕事をしていたの？」

「僕と会った時は、妖怪が原因の長雨を止めに来てましたよ」

「そう」

天候を操る妖怪もいるのか。それはもはや、神様に近い存在ではないだろうか。

そんなものにさえ、父は立ち向かっていたのだと知る。

「私、お父さんの事を馬鹿にしてたの」

弟子の周君の前なのに、そんな事を言ってしまった。でも、自分の大きな後悔を黙って抱えている事ができない。

「父は拝み屋ですって、友人に言えないでしょう。嫌ってたわけじゃないけど、変な人だとは思ってた。……ごめんね、周君も拝み屋なのに」

奇妙な出来事に魅入られた、普通の生活ができない人間だと。正直、迷惑だった。下に見ている気持ちが確かにあった。

「構いません、続けて」

「私、神主さんが助けてくれた時、凄《すご》く有り難かった。周君も私を助けてくれている。神主さんにお父さんが『ご立派』だって言われて、初めて気が付いたの。これが、お父さんの仕事だったって」

もっと堂々と胸を張って言える、別の仕事があるじゃない。

何でそれにしてくれないの。

なんで一緒に暮らしてくれないの。なんで、なんで？

そう思っていた。いつか期待すらしなくなっていった。けれど、今なら拝み屋を続けた理由が分かる。

お父さんは、誰かの救い主だったのだ。

助けてと、声を嗄《か》らして叫ぶ人の希望だった。今日の私にとっての、神主さんと同じように。

「誰かを助け続けてたのに、何も理解してあげられなかった。私の、たった一人のお父さんなのに」

頬を涙が伝って落ちていった。胸に後悔と寂しさが渦巻いている。

もう、父に何もしてあげられない。どんな言葉もかけてあげられない。

生きている時間は有限で、その時間がどれほど貴重だったかを思い知る。

「もっと、話せば良かった。私から、連絡すれば良かった」

お父さん。貴方《あなた》の事を、死んでから知ってしまった。

「馬鹿だったなぁ」

酷《ひど》く後悔する。かすれた声は、自分の予想以上に寂しく聞こえた。

どうしようもない事を聞かせて、周君を困らせてしまったと思った。

けれど彼は面倒くさがる事もなく、静かに聞いて受け止めてくれた。

「功《いさお》さんは、柚葉さんを巻き込みたくなかったんですよ。何処から貴女《あなた》の事が見つかってしまうか分からない。だから連絡もせずに遠ざけた。柚葉さんが『普通』に暮らす事、それだけが功さんの望みだったんでしょう」

暗闇で光る周君の目が優しい。彼は年下であるはずなのに、いつも私を見守るような目で見てくるのは何故だろうか。

「だから、自分を責めないでください。気付かないほど巧妙に隠していたのですから」

そう言ってくれる言葉が、染み入るように胸に響いた。

涙が止まらない。でもそれは、後悔の涙ではなかった。

寂しい。

愛《いと》おしい。

押し寄せる感情の波に耐えきれず、上半身を起こして手で顔を覆う。

「貴女は、泣いてばかりだ」

その声は少し笑いながら、私に近づいてくる。そして、両手で抱きしめられた。

「でも、柚葉さんを慰めるのも悪くない」

包まれる香りは何処か懐かしく、自分の胸の内を余さずさらけ出させようとする。

その手を振りほどくべきだった。けれど、余りに温かくて受け入れてしまう。

ゆっくりと、子供をあやすように頭を大きな手が撫《な》でていく。

弱い自分が許された。

ああ、駄目だ。

ぐらぐらと自分が揺れる気がする。それを、どうにか必死で押しとどめようとした。

「周君」

「大丈夫、傍にいます」

こんなにも切なく苦しい夜に、体温が溶け合うほど近くにいてくれる。

私の為に、骨身を惜しまず助けてくれる。これは、危険な誘惑だった。

湧き上がる胸の内の感情に、どうにか眼を逸《そ》らす。

周君は、高校生だ。社会人となって、歳を重ねてしまえばたかがと言える差になるかもしれない。けれど今の私にとって、高校生と大学生の差は歴然としていた。

自分の高校生時代を思い出す。社会的な責任なんて頭にも浮かばず、まだ子供の内に入れられていたあの頃を。

人づきあいは学校と家しかなかったが、その分友人関係は深く毎日が楽しかった。あっという間に過ぎ去ったあの時間は未熟ではあったが、その分純粋に物事を捉えられていたように思う。

周君がこんなにも真剣に私を助けようとしてくれるのも、きっと若さゆえの純真すぎる思いがあるからなのではないだろうか。

大学に入って少しずつ擦り切れていく何かを、周君はまだ手にして持っているに違いない。

そんな眩《まぶ》しい大切な時期を過ごす彼に、恩返しの意図だけで傍にいてもらっている私が、手を出そうなんて思ってはいけない。

もっと相応《ふさわ》しい同年代の、同じ目線で物事を考えられる友人や仲間がいるのだろうから。

苦しい吐息が口から漏れた。

しかも、目の前の人は離れていく覚悟をしているのだ。何処で暮らしているのか聞いても、周君ははぐらかして答えてくれなかった。だから追う事さえ許されていない。

敬語はいつまで経ってもそのままで、それが一層私と彼の年齢差を意識させた。

それなのに、持ってはいけない感情に翻弄《ほんろう》される。

首に回る腕に慰められていつしか涙は止まっていた。周君の顔を見上げると、何故か嬉《うれ》しそうな表情をしている。

「周君？」

「……役得ですね」

頬に残る濡《ぬ》れ跡を指の腹で拭《ふ》きながら、そんな事を言う。お願いだから、勘違いさせないで欲しい。私はそんな軽口でさえ、本気にしてしまいそうだから。

「ありがとう。もう、大丈夫」

本当はもっと甘えてしまいたいのを、理性で押しとどめた。これ以上心を揺らされてはいけないから。

私の勘違いでなければ惜しむようにゆっくりと周君は離れていく。

「もう、眠れそうですか？」

「うん。おやすみなさい」

努力して平静を装い、布団に潜ると小さく蹲《うずくま》るようにして外界を遮断した。

この夜がいつまでも続けばいいのに。

そんな儚《はかな》い願いを抱きながら、ゆっくりと瞼《まぶた》を閉じた。

◆

翌朝、女性が病院へと運ばれていくのを見届けた。目が覚めて場所も分からず混乱していたようだが、それだけ回復した事に安心する。

そして神主さんを含めて三人で今後の事を相談する事にしたのだった。

社務所の泊まらせてもらった部屋で、座布団の上に座りながら三人で向き合うように座る。

「自己紹介もまだだったかね。私は石宮基和《いしみやもとかず》。見ての通り、この神社の宮司をやっとる」

「私は宮松《みやまつ》柚葉です。大学生です」

「僕は織本《おりもと》周です」

石宮さんは周君の自己紹介の時だけ興味深そうに視線を向けたが、周君の表情が動かないのを見て何も言わなかった。

そのやり取りにどんな意味があるのか分からなかったが、何となく口に出してはいけない気がした。

石宮さんも私に言うつもりはなかったのだろう。そのまま話を続けた。

「それで、どうするんかね。ありゃ、また来るぞ」

「紫竹《しちく》さんのところへ行こうと思っています」

「紫竹ばあさんに？　受け入れてくれるもんかね、あのばあさん」

知らない名前に周君の袖《そで》をつついて聞いてみる。

「紫竹さんって？」

「例の、見える能力を消してくれる方です。ちゃんと話をつけておいたので大丈夫ですよ」

周君の発言を聞いて、石宮さんは目を見開いて驚く。

「そりゃあ、大したもんだ。どんな手を使ったんか？」

「秘密です」

興味深そうに身を乗り出して聞いてきた石宮さんを、一蹴《いっしゅう》する。周君の秘密主義は誰にでも適用されるようだった。

「柚葉さんを狙うのは骨女だけじゃないんです。だから、妖怪《ようかい》との関わりを完全に消す方法はそれしかありません」

元々その予定で、周君の言う内容は間違いない。けれど、ふとある不安が頭をよぎった。

「また、骨女が人に取り憑いてきたら……その人はどうなるんですか？」

私は何も見えなくなって、上手《うま》く逃げ切れるかもしれない。けれど、骨女は私を捜し続けるのではないだろうか。

　その不安を告げると、石宮さんは頭を掻《か》いた。

「まあ、良くないのは確かだな」

「しかしどうしようもないでしょう。僕は、剝《は》がす事はできません。せいぜい足止めするぐらいです」

　周君の言葉に、石宮さんが難しい顔をして自分の足を軽く叩《たた》いた。

「昨日みたいに、目の前に来てくれりゃあ剝がせる。けど、私は足が悪いから追う事はできん」

　少し光明が見えた気がした。一人では無理かもしれないが、この場にいる人が協力すれば可能ではないだろうか。

「二人合わせれば……いえ、私も囮《おとり》になります。三人で、骨女を退治できませんか」

　自然と声の調子が明るくなる。けれど私の提案に、周君が冷ややかな視線を向けてきた。初めて向けられた怒りのような感情に、心臓が縮こまる。私はそれほど無謀なことを言っただろうか。

「駄目です。柚葉さんをこれ以上の危険にはさらせない」

　それは私の為を思っての発言だった。元々面倒をかけている身で、周君に更に言葉を続けるのは勇気がいった。けれどどうしても譲りたくなかった。

「お願い。これ以上、人が犠牲になって欲しくない。周君だってそうでしょう？」

ボロボロになった女性を思い出す。話を聞けば、無関係のただ葬儀場近くを歩いていただけの人だった。

あと少しで死んでしまうところだった。もし私のせいで死んでしまったら、どう償えばいいのかも分からない。

彼女は不運だったと、簡単に納得なんてとてもできなかった。

「勘違いしているようですね」

察しの悪い私に苛《いら》ついているのか、少し顔を顰《しか》めて言った。

「柚葉さんを危険に晒《さら》してまで他人を助けようとは思いません」

「え……？」

その言葉をどう受け止めればいいのか分からない。

私は、周君が極めて善人だから私を助けてくれているのだと思っていた。

なんて利他的で優しい人なんだろうと。そうでなければ、こんな危険な目にあってまで私を助けようとも思わない筈《はず》だ。

けれど今、目の前の周君からは他者への思いやりなど何も感じ取れない。

人を斬る覚悟をしている時と同じ冷たさだ。また少し、周君の正体が遠ざかっていく。

「僕は、貴女《あなた》だけを守ります」

その目は子供のように真っすぐだった。何故だか心が酷《ひど》く騒ぐ。けれど、不快なものではなかった。

周君は父への恩義だけで、私を助けてくれようとしているのだろう。本来は面倒ごとなど拾いたくないのかもしれない。

そんな彼に益々《ますます》の負担をかけなければいけない願い事なんて、厚かましいとは理解している。

それでも私は、こんなにも心が痛むのを無視する事ができなかった。

「私は退治するべきだと思うがね」

私に賛同してくれた石宮さんに、周君が非難するような鋭い目つきを向けた。

それを肩を竦《すく》めて、ひょうひょうと受け流す。

「他の妖怪にも狙われる可能性があるなら、なおさら相手をしてやれるときにやっとくべきだと思うよ」

その言葉には一理あると感じたのか、周君は目を少し和らげて考えるような仕草をした。

今なら説得できそうだと感じ、私も更に言葉を続ける。

「私は、お父さんの事を殆《ほとん》ど知らないけど……でも、誰かを助けようとする人だったんでしょう？　そう思ったら、自分の事だけ助かるなんてできない。お願い、周君」

父がどういう人なのか、少しでも知ってしまったら自分が恥ずかしくなったのだ。

無力で、守られてばかりで、すぐ隣の世界の恐ろしい危険に気づきもせず、のうのうと暮らしてきてしまった。

これ以上私のせいで巻き込まれる人を増やしたくないのに、自分では手段もない悔しさに唇を噛《か》んだ。

それでも断られたら諦《あきら》めるしかないと覚悟を決めたが、俯《うつむ》いて判断を待つ私に、諦めの溜息《ためいき》が聞こえた。

「分かりました。倒しましょう」

思わず周君の顔を勢いよく見ると、もう表情に厳しさはなくなっていた。

「ですが、最低限の護身の術を覚えてもらいます」

教師のような真面目な顔で続けられた言葉に、居住まいを正して即座に返事をした。

「頑張ります」

何となく敬語になってしまった。本当にこれではどちらが年上だか分からない。周君が大人びているからであって、私が幼いのではないと信じたいところだ。

「よし、意見は一致したな」

穏やかに笑いながら石宮さんが場をまとめた。一番無関係であるのに、嫌な顔をせずにいてくれる。

「石宮さん、巻き込んでしまってすみません」

「なあに、仕事の一環みたいなもんさ。頼りにされるのが嫌なら、こんな職業には就いておらん」

「では、少し拝殿をお借りしてもよろしいでしょうか」

石宮さんがゆっくりと足を労《いたわ》りながら立ち上がる。

「好きに使ってくれ。私も準備せんといかんので、また後でな」

「はい。ありがとうございます」

声をかけてその後ろ姿を見送ると、周君も立ち上がった。

「では、我々も準備しましょうか」

「はい」

自分で言いだした事だ。頑張らないといけない。

緊張でやけにはきはきとした私の声に、周君はようやく少し笑った。

居住まいを正して拝殿の床に正座する。この神聖な空気は、周君の雰囲気によく似合っていた。

◆

教えられた呪文と動きを再現した私に、周君が頷《うなず》く。

「初めてにしては十分です」

骨女に対抗する為の最低限の準備ができて、少し安心できた。

もう一度繰り返そうとすると、偶々《たまたま》正面にいた周君が少し眉《まゆ》を寄せる。

「人には向けないでくださいね」

「あ、ごめんね」

刃物を持っているわけでもないので、うっかりしてしまった。

そうか、これを人に向ければ攻撃する事もできるのかもしれない。気を付けないと。

「念のため言っておきますが、これは付け焼刃です。初心者が妖怪に術を向けたところで、威嚇以外には使えないでしょう。絶対に僕より前に出たりしないでください」

「分かった」

一朝一夕で何かを完璧《かんぺき》に習得する事ができるとは思っていない。術の威力は、込められた気に左右されるという。修行していない私が放つ術なんて、程度が知れるというものだ。

それでも手段が何もない時と比べると、足手まといの度合いが段違いである。

「使う時には躊躇《ちゅうちょ》しないでください。情けをかけないでください。人と妖怪は違う存在ですから」

覚悟を求められている気がした。手を胸に当てて深呼吸する。

私を襲ってくる恐ろしさと、取り憑いた人を弱らせていく恐ろしさ。放ってはおけない。

骨女は退治しなければならない存在だと割り切れる自信があった。

「大丈夫」

私の言葉に安心したのか、周君は表情を緩めて緊張感を解いた。

「休憩しましょうか。こちらへ」

二人で縁側に座ると、掃き清められた境内の静けさが染み込んでくる。木々の緑は青々として、生命力の強さを示していた。

ふいに周君が指を口に当てて吹き鳴らした。甲高い音は鳥の鳴き声のようで思わず聞き入ってしまう。

すると何処からともなく、見るも鮮やかな美しい赤い鳥が目の前の木に降り立った。

「鸞《らん》がいたので、呼んでみました」

赤い羽は光沢があり、尾羽は垂れるほど長い。普通の鳥と違うのは、全体が淡く光って見える事だった。

その美しさに見入っていると、周君が再び指笛を鳴らす。鸞は聞き覚えのない、実に美しい声で鳴いた。

「綺麗《きれい》」

どんな鳥もこんな美しい鳴き声を持たないだろう。雅楽のような神秘的な音である。周囲に光が満ちた気さえした。

しばらく見ていると、鸞はまた翼を広げて空へと羽ばたいていった。

「見せてくれて、ありがとう」

恐ろしい物ばかり見てきてしまった。けれど周君のお陰で、普通では知る事さえできない美しいものも見る事ができるのだと気づく。

早く見えなくなって欲しいとばかり思っていたのに、少しだけこの目が惜しく感じてしまった。

「どうか、忘れないでください。こちらの世界が悪意あるものだけではない事を」

そう寂しそうな顔をする周君に、周君にとってはこの景色の方が普通である事を思い出す。

それを嫌な思い出ばかりだったと思われてしまうのは、辛《つら》い事なのだろう。

見てしまうまでは確信のなかった、失うために努力している世界。恐らく、見える世界と同じぐらいに色々なものに溢《あふ》れているに違いない。

「……思い返してみれば、時々不思議な事があったの」

周君は静かに私の話に聞き入ってくれた。

「交差点で誰かに呼びかけられた気がして立ち止まったら、車が目の前を勢いよく通り過ぎたり。夜中不思議と目が覚めたら、隣の家が小火《ぼや》騒ぎだったり。頭上から落ちてきた鉢植えに野球ボールが何処からか当たって無事だった時は、目撃者全員に運がいいと太鼓判を押されたっけ」

そんな事あるんだね、なんて友人と話して盛り上がりもしたけれど、妖怪《ようかい》が実在すると知った今ならば守られたのだと感じた。

「きっとお守りか、ご先祖様か、親切な妖怪のお陰よね。前なら偶然って思っていたけれど、今はそんな風に思ってる」

私が厄介ごとに巻き込まれているからといって、『こちらの世界』が悪意のある存在ばかりではないだろう。

「だから、嫌いじゃないよ。こっちの事も」

それを聞いた周君は花のように笑った。何の陰りもない無垢《むく》な笑顔に、こんな表情もできたのだと驚く。

その顔がとても可愛くて、見ている私が恥じらうぐらいだった。自分がどんな顔をしているか自信がなくなってしまい、思わず顔をそむける。

「柚葉さん？」

弟みたいに可愛いから、こんな風に胸が騒ぐのだ。そう思い込む事にした。どうにか自分を誤魔化して、いつも通りの顔を作る。

「何でもないよ」

振り返った時には、周君に分からない程度には取り繕えていた。彼は少し小首を傾げていたが、深く聞きはしなかった。

「そうですか」

こんな話が出るぐらいに、私がこの視界を失う時も遠くない。石宮さんに聞いたところ、紫竹さんのいる場所は小さな山を二つ越えた先だという。そこに辿《たど》り着いてしまえば、いよいよ短い旅も終わる。

全てが終わった時、周君は私にまた会おうと言ってくれるだろうか。私が友人になりたいと言っても、受け入れてはくれないだろうか。

周君の親しくなりたくないという考えが、何処かで変わってくれる事を心底願っている自分がいた。

「石宮さんとも相談しますが、骨女が近寄ってきたら長引かせる理由はありません。いつ来てもいいように心構えをしておいてください」

「分かった」

真剣な表情の周君の言葉に、頷いて答えた。

ここにいつまでも籠《こも》っていても仕方ない。負ける事の許されない戦いが、もうすぐそこまで迫っていた。

第二章

お世話になっているお礼に、境内の掃き掃除をさせてもらう事にした。木が葉を落とし始めているので、やりがいは十分にある。

掃いている間にも葉がまた一枚、舞って落ちていく。薄い雲の秋空は何処となく寂しくて、近づいてくる次の季節を予感させた。

大学へは石宮《いしみや》さんに充電器を借りて連絡をした。忌引きの後で体調不良になった事にしておいた。戻れた時には遅れた分を頑張って取り戻さないといけないだろう。

現実に目を向けると、就職活動もいよいよ本格化してきていてどの企業を目指すのか決めないといけない。

けれど私は、これをしたいっていう夢や目的がないのだ。大学だって大学に行く事だけが目的で、通っている経済学部を選んだのは単に他の学部よりは就職するときの業種が狭まらないだろうという安易な考えからだった。

親も亡くなってしまった今、しがらみは何もない。自由にしたい事だけをすればいいのに。自分の意志のなさに嫌気がさす。

……やめた。今は、こんな事を考えるのはやめよう。

全部終わった後に、考えればいい。今は自分の命運が懸かっているのだから。

掃き掃除をしながら辿り着いた御神木のクスノキは、他の木々よりも二回りは大きく、父と子ほども存在感が違った。

その巨木の根の部分にある小さな洞の中で、何かが動くような気がした。

思わずじっと見ていると、白蛇の頭が外の様子を窺《うかが》うように出てきた。

意外に円《つぶ》らな目と視線が合ってしまった。不思議と怖さがなく、寧《むし》ろ落ち着いた様子に人のようにさえ感じてしまう。

「……お世話になってます」

一応この境内の住人である。お礼を言うと、蛇は言葉を理解したかのように何度か頷いた。

「礼儀正しいお嬢さんだね」

白蛇という珍しさもあって疑ってはいたが、やっぱり普通の蛇ではなかったのか。

蛇らしく無表情であるが、声色は優しくて安心感があった。

「私は此処《ここ》から出られないから手助けはできんが、いくらでも滞在していくがいい。石宮も気に入っているようだし」

「石宮さんとはよく話すんですか？」

「時々ね。見える目のせいで、此処に連れてこられた子供だった。お嬢さんに自分を重ねているのかもなぁ」

変わった人に対しての世間の目は今よりも昔の方がもっと厳しかっただろう。歩んできただろう石宮さんの過去を思い、少し気分が落ち込んでしまう。

「きっかけは何にせよ、今は楽しそうに神主を務めているから大丈夫さ。彼は氏子達によく慕われているしね」

確かに今の石宮さんは不幸そうには見えない。そういう受け入れ方もあるのだと、頭の片隅で覚えておく事にした。

「お嬢さんも、彼も、後悔する事がないようにね。人の時間は短い」

優しい言葉に頷《うなず》くと、白蛇は満足そうにそのまま洞の中へと戻っていった。

別の場所を掃除していた周君《あまね》も遠くからその様子を見ていたらしく、箒《ほうき》を片手に近づいてくる。

「神使殿《しんし》が出るなんて珍しいですね」

「神使殿？」

「白蛇ですよ。この場所で人を見守っているみたいですね。何か言っていましたか？」

「少しだけ。石宮さんの事とか」

するとと何故だか、周君はほっとしたような顔になった気がした。一瞬で表情が戻ったので、気のせいかもしれないが。

「騒動を起こしているにもかかわらず、私達を受け入れて下さっていますから。後でお礼をしに来なければなりませんね」

「そうだね」

お世話になっているのだから、それぐらいはしないといけないだろう。お米とかお酒を奉納すればいいだろうか。

不意に、周君が境内の外の方へと視線を向けた。

「骨女《ほねおんな》が……近づいていますね。中に入ろうとはしていないようですが」

もう三度目になるが、どうして周君が遠くにいる骨女に気付けるのかは分からない。けれど間違いはないのだろう。

私は箒をきつく握りしめると、深呼吸をする。

絶対に、倒す。これ以上犠牲者を出さないために。

緊張で怯《おび》える自分の体を、意志の力で奮い立たせた。

「石宮さんを呼んでくるね」

「お願いします」

周君にそう言うと、私は箒を置いて石宮さんを捜しに走り出す。聞こえてきた祝詞《のりと》の声を辿っていくと、拝殿でその姿を見つけた。

「ああ、もしかして妖怪が来たかね」

石宮さんは拝殿の中央で姿勢よく正座していたが、私が来たのに気付くと振り返る。

「はい。でも境内の中までは来られないみたいです」

「そうか」

石宮さんは優しい笑みを浮かべて慌てる様子もなくゆったりと構えていて、その様子にざわついていた心が少し落ち着いた。

「入れないのなら、焦る必要はない」

「はい」

「妖怪と人との道理は違う。けれど、同じように心がある。……最後に聞いておくが、本当にいいんだね？」

私は石宮さんの言葉に頷いた。もう、覚悟はできている。

「ならいいんだ。私は昔、悩んだからね。彼らと私達の違い。それと、自分が見える目を持った意味とかなぁ」

その言葉には妖怪が見える暮らしを長年した人の苦労が透けて見えた。

私はまだ数日しかこの世界を見ていない。石宮さんの語る言葉の本当の意味を理解するには、浅すぎたかもしれなかった。

けれどそう困る事もないだろう。これが終わってしまえばもう、見えなくなるのだから。

そう思って、石宮さんの真摯《しんし》な助言を私は軽んじてしまった。それが、後でどんな後悔を呼ぶか知りもせず。

「じゃあ、いくかね」

足を労《いたわ》りながらゆっくりと歩き出す石宮さんに、私は少し胸のざわめきを感じながらもついて歩き出したのだった。

◆

神社から延びる細い道は舗装が酷《ひど》く劣化していて、所々罅《ひび》が入って端が欠けている。道を外れればすぐに山の中で迷うような場所だった。

その道が車道に合流する開けた場所の手前で、私と周君は緊張した面持ちで立っていた。

周君が此方《こちら》の方面から気配を感じた為に、目を凝らしてその時が来るのを待っているのだ。

神聖な神社の空気は薄れ、湿度の多さだけを感じていた。それが突然、気味の悪い生ぬるさをはらみだす。

ゆらゆらと揺れる人影が遠くに見えた。それは歩く速度で近づいてきて、やがて青年男性である事が判別できる。

「今度は随分と、いい体を手に入れたようですね」

水の剣を作りながら、苦々しい顔をして周君が言った。水の剣は人を殺さないように、刃を潰《つぶ》してある。

短く刈り上げられた頭髪に、シルバーネックレス。そして隆々とした筋肉は、道端ですれ違う時にも思わず距離を取りたくなるような威圧感がある。格闘家なのかもしれない。

そして浅黒く健康的な肌をしているのに目元は暗く落ちくぼんでいて、何処を見ているのか分からないような目つきだった。

その逞《たくま》しい体の後方に半透明の骸骨《がいこつ》の姿が見える。骨女は、まるでからくり人形を操るかのように背後に浮かんでいた。

「アンタさえいなければ……あの人と一緒に居られたのに……！」

恨みがましい低い女性の声が骸骨から聞こえる。私を父と同一視している骨女は、暗い眼窩《がんか》をこちらに向けてきた。何もないはずの窪《くぼ》みに、小さな炎が瞳《ひとみ》のように燃えている。恐怖で背筋を冷や汗が流れたが、彼女の発言で気になる事があった。

「あの人？」

妖怪《ようかい》には妖怪の道理がある。骨女なりに、父を恨む理由があるらしかった。

その理由が気になった私に、哀れむ目を骨女に向けた周君が説明してくれた。

「骨女は人間の男に恋をして取り憑《つ》いていたんですよ。けれどそもそも、相手には妖怪が見える目すらなかった。そのままでは体が耐えきれずに死んでしまいかねないところを、功《いさお》さんに追い払われたんです」

いっその事、互いの世界が全く交わらなければこんな事はなかっただろう。けれど骨女は見えたこちらの世界に心を奪われてしまったのだ。

そんな叶《かな》わない心に執着するのを、愚かだと一蹴《いっしゅう》する事が何故だかできない。

「邪魔だ邪魔だ邪魔だッ!!」

狂乱して叫ぶ骨女の姿に、周君が静かに語りかけた。

「取り憑きつづければ男は死んでいた。そもそも生きる道が違う」

「違うからこそせめて、あの人の命が欲しかった！　なのに邪魔をして……死んでしまえッ！」

聞く耳を持たない様子に、周君は肩を竦《すく》めて私を見た。同情してしまっていた私に説得が不可能だと教えるために、あえて骨女に語りかけたのかもしれない。

「人と妖怪が恋する事が罪なんですよ」

それは諦《あきら》めきった冷たい口調に聞こえた。私よりも妖怪に深く関わっている周君の言葉だったが、私は同意できなかった。

「……違うよ。自分の悲劇を、相手にも求めた事が罪なんだよ」

本当に愛しているのなら、殺してしまうと分かっても傍にいるだろうか。いや、殺せば自分のモノになると思い込んでいる事が、この妖怪の哀れなところなのだ。

「死んでしまったら、手の届かないところにいってしまう。残るのは、記憶と思いだけなのに」

父も母も、もう私の傍にはいてくれない。母に悩みを相談する事もできないし、父が新しいお守りをくれる事もない。

けれど私が生きていけるよう尽くしてくれた事が、私の中に残っている。

「……可哀想ね」

何も残らない現実を、受け止めきれないその心が。

私の言葉を聞いた骨女は全身の骨を震わせ、空気が震えるほどの大声で獣の如く叫んだ。

「黙れッ！」

そしていよいよ取り憑かれた男性はこちらに駆け出してきた。周君が身構えてその攻撃に対応しようとしたが、それより懐に入り込んだ男性の拳《こぶし》の一撃の方が早かった。

鈍い音がして、周君が吹き飛ばされる。

「がはっ」

殴られ腹を押さえて転がる周君に、さらに追撃の蹴《け》りを入れようと男性が近づいたが、横に転がる事でそれを回避する。

すぐさま体勢を立て直した周君が、刃の潰れた水の剣で勢いよく袈裟《けさ》斬りにしようとした。それを男性は素手で止め、空いている手で顔を目掛けて殴りかかってきた。

周君は水の剣から手を離し、拳を紙一重で躱《かわ》す。手から離された水の剣は形を失い、只《ただ》の水となって地面を濡《ぬ》らした。

拳の勝負では男性の方に分があるようで、周君は避《よ》ける一方である。けれどその素早さから、致命的な一撃を食らう事は回避していた。

私も二人の攻防をぼうっと眺めて見ているわけにはいかない。

「八剣《やつるぎ》や、波奈《はな》の刃《やいば》の、この剣《つるぎ》、向かう妖魔《ようま》を薙《な》ぎ祓《はら》うなり！」

周君に教えてもらった刀印という指の形にし、男性に向かって振り下ろす。

すると僅《わず》かに体の動きが止まった。しかし数秒の内に解除され、周君へと攻撃を続けようとする。

自分が放った術の予想以上の短さに失望を隠せない。それでもその数秒を稼いだ事で、周君は数発殴打を食らわせる事ができた。

人の身体から聞こえるのが不思議なほどの大きな鈍い音が、殴り合う度に響く。

取り憑かれた男性よりは細いとはいえ、周君の全力の殴打を何度も受けていて平気なはずがない。けれど骨女により無理矢理動かされている体は、痛々しい痣《あざ》を作りながらも平然と動き続けていた。

長く続けば続くほどこちらが不利になるのは明らかである。何処まで周君の体がもつだろうか。

相手の男性はまるでボクサーのように恐ろしい速度で殴りかかってきている。私が食らえば、一撃で失神しそうな威力だと見ていれば分かった。

周君はそれを何発かその身に受けながらも、互角の立ち回りをしているように見えた。

……しかし、一介の高校生がいくら体を鍛えていても、これほど戦いなれているものだろうか？

妖怪を相手に日常的にこんな戦いを繰り広げているのだとしたら。

目まぐるしい戦いの最中、胸を過《よぎ》った考えは背筋を凍らせた。

見えるという事は、やっぱり恐ろしい。でも、これが終われば見える力を手放せるのだ。

拳を避け損ね、周君がまともに胸に一発食らってしまった。苦し気に呻《うめ》き、頬に冷や汗が流れ落ちる。

次の殴打は何とか避けるが、疲労から反応速度が徐々に落ちてきていた。

また一発、肩に砲丸のような音を上げて男性の拳が当たる。

周君はその衝撃を地面を踏みしめて堪えた後、長い足で相手の脇腹を抉《えぐ》るように蹴りとばした。しかし、威力はでないようだった。

何度も攻撃を受けて弱っているのだ。気付けば周君は口の端が切れて流血していた。

服の下の見えない部分はもっと痣になっているのが、見なくても分かる。

私のせいで、彼はこんなに傷ついているのだ。その事実に酷《ひど》い罪悪感が沸き起こり、感情が乱されていく。

ごめんなさい。私が我儘《わがまま》を通さなければ、こんなに痛い思いをしなかったのに。

ごめんなさい。それでも我儘を、捨てきれなくて。

今この戦いの最中に考えるべきではないのに、感情に引きずられてしまう。

私も周君を助けるべく術を放つが、集中力を欠いた術はいくら放ったところで大した手助けにはならなかった。

勝利が見えた骨女が、顎《あご》の骨をカタカタと鳴らす。笑っているのかもしれない。

「弱い、弱い」

骨女は喜びに満ちた声で、そんな言葉を放った。

周君が苦しい顔で一瞬私に目配《めくば》せをする。その意味を正確に読み取り、私は踵《きびす》を返して山の中へと走り出した。

このまま戦い続けていても不利になる一方で、決して勝てない。一番の獲物である私が走り出した姿を見て、骨女が叫んだ。

「逃げるなっ！」

「嫌ッ！」

叫び返して森の中を突き進んだ。後ろから周君に構わず私を追いかけ出す足音が聞こえてくる。

心臓が鼠並みの速さで鼓動を打つ。枯れ葉が積み重なっている足場は悪く、砂浜のような走りにくさだった。

それでも背後の恐怖に普段以上の力で山の中を駆けていく。聞こえてくる足音は、じりじりと距離を縮めているようだった。

怖い。

追いつかれて周君達の助けが間に合わなければ、私は殺される。それでもやると言ったのは私だった。

お父さん。こんな選択、馬鹿だと思う？

胸の中の呼びかけに、応《こた》える声は当然なかった。

周君を巻き込んで、あれほど傷つけたのだ。何としても自分の役割を完遂させる。

全力の疾走で、口の中は血の味がする。

木々の根が嫌がらせのように張り出して、私を地獄に突き落とそうとしてくるのを、普段の何倍もとぎ澄まされた小動物のような感性で避け続けた。

山道は下準備をして道筋をよく確認していたから、何処に足を置けばいいのかは知っている。

骨女にすぐ捕まらずに逃げられているのは、障害物の多い山という環境だからだろう。

しかしそれでも、女性と男性ではそもそもの体力が違い過ぎた。

荒い息と足音が真後ろから聞こえ、振り返る。

すぐ後ろに、手を伸ばす男性の姿があった。一瞬、息が止まった。

余りにも危機的状況に、自分の思考回路が逆に冷静さを作り出す。妙にさえた頭で、私は声を張り上げた。

「縛！」

長い呪文もなく、印も結ばない、極めて粗雑な術である。まともに教えてもらった術さえ短い効果しか出せない自分では、ほぼ無意味なように思えた。

けれど意外にも、氷漬けにされたように男性の体の動きが止まった。

それは周君の術にも引けを取らないのではないかと思うほどの、見事な威力である。

素人の術がどの程度なのか、懇々《こんこん》と周君に教えてもらっていたからこそ、それが異常であるのが分かってしまった。

極限の状態によって生み出された精神状態が、隠れた才能を発揮させたのかもしれない。

ああ、お父さん。私、拝み屋の娘だ。

全てなくしてしまったと思っていた父との繫《つな》がりを感じ、熱い涙がこみ上げてくる。泣きながら走った。

しばらくして、また足音が聞こえ出したが、もう充分に距離は取れていた。

斜面を駆け下りると、窪《くぼ》地に落ち葉が溜《た》まっている開けた場所があった。足がとられそうなその場所へ躊躇《ちゅうちょ》なく向かう。

骨女も私の後を追い、積もった落ち葉へと足を踏み入れる。

そして駆け抜ける勢いのまま、男性の足が地面へと突き刺さった。

「何……!?」

骨女の動揺した声が聞こえる。振り返ると男性の足は見事に落ち葉の池に脛《すね》まで浸《つ》かっていた。

見事にかかってくれて安堵《あんど》が胸に広がる。走り続けていた足を止め、近くの木に体を預けた。疲れ果て、もう一歩も歩けない。

落ち葉で見えなくなっているが、この窪地の下には水が溜まり沼になっているのである。腐葉土と混ざったそれは、深い泥になって身動きが非常にしづらいものになっていた。

私は予《あらかじ》めそこに飛び石の大きな石を沈めて、足場を作っていたのである。落ち葉で隠された足場は、骨女には分からなかっただろう。

隠した飛び石を誤らず踏む事に、全ての精神を集中させて駆け抜けたのだった。

「小賢《こざか》しいッ！　こんなものすぐに抜けてみせるわッ」

骨女が吠《ほ》え、男性の体を操り足を抜けさせようともがいた。けれど、足は動くどころかまるで何かに押さえられたように微動だにしない。

余りに動かない足の異変に気付き、骨女は周囲を見渡した。そして遠くで手を沼に沈める周君の姿を見つけ、絶叫した。

「貴様あぁあああっ!!」

水を操れる周君は骨女が私を追った後、ここで身を潜めて罠《わな》にかかるのを待っていたのだった。剣さえ作れる周君である。足に纏《まと》わりつく水の硬さは金属にも等しい。

そして当然、ここにはもう一人の人物も隠れ潜んでいた。

草陰から身動きせずに待ち続けてくれていた石宮さんは、手にした弓を構えて男性に向ける。

「禍《わざわい》を射祓い申す！　千早《ちはや》振る神の生く弓弾くときは、いかなるものも納まりにけり！」

老人とは思えない腹の底から出すような力のある声だった。

長年の修行の賜物《たまもの》だろう。痩《や》せた体に纏う神聖な空気は、それだけで邪《よこしま》なものが逃げ出しそうなほどである。

そして石宮さんは限界まで引き絞られた弓の弦を離した。

「エイーッ!!」

矢声と共に光の矢が放たれる。

そして実体のない矢が、男性の胸に吸い込まれるように突き刺さったのだった。

骨女が男性の背中から矢に押し出されるようにして剝《は》がれる。再び逃げようとする前に、私は骨女に向かい足を踏みしめて正面に立った。

心に先ほど過った冷静さを思い描きながら、手を動かす。

「行《ぎょう》、神《じん》、変《ぺん》、通《つう》、力《りき》……縛《ばく》！」

私の術が骨女の透ける体に放たれ、宙に縫い留められたように動かなくなった。

そして周君が骨女に向かって駆け出し、いつの間にか作っていた水の剣を振りかぶる。

最期の瞬間は一瞬だった。

振り下ろされた剣が骨女を見事に両断した。

上下に分かれた体が、霞《かすみ》のように消えていく。

もがくように腕を宙に伸ばし、溶けきる刹那《せつな》に最愛の人の名を叫んだ。

「正《まさ》、則《のり》さん……‼」

情愛の全てが込められたその一声は、決して相手に届く事がない。

声が消えてしまった後には骨女の姿も何もかもが夢のように消えてしまった。

後には煙すら残らない。

命を狙い続けてきた恐ろしい妖怪《ようかい》が、余りにも儚《はかな》く消えた光景に呆然《ぼうぜん》としてしまう。

本当はまだ隠れているだけで、何事もなかったかのように何処からか襲い掛かってくるのではないか。そんな妄想さえ頭に浮かんだ。

しばらく動けずにいると、取り憑《つ》かれていた男性が糸が切れたように後ろに倒れ込んだ。

「いかん、沼に嵌《はま》るぞ」

石宮さんの声にはっとして急いで男性に駆け寄る。私より先に周君が脇の下に腕をいれ、引きずるようにして乾いた地面の上に移動させた。

胸が上下に動く様子が見えたので、気絶しているだけだろう。

「……終わったんだよね」

先ほどまで骨女の姿が見えていた場所を振り返る。よく目を凝らしても、残滓《ざんし》は何もなかった。

「そうです。終わりました」

周君が私の言葉に薄く笑いながら答えを返し、石宮さんも疲れたように腰を自分で叩《たた》いていた。二人の緊張の解けた様子で、本当に終わったのだと実感する。

妖怪の最期は何て儚いものだろうか。恐ろしくて人を超える力を持つのに、こんなにもあっけない。

だから、あんなにも自分の感情に正直なのだと思った。

遺骨さえ残せないからこそ、存在している間は自分の本質のままにいる。この世界を垣《かい》間《ま》見て、そんな気がした。

「……っ」

うめき声が聞こえて視線を下に向けると、男性が薄く目を開いたところだった。

何が起きているか理解できないようで、視線を彷徨《さまよ》わせている。覗《のぞ》き込む私達を確認すると、石宮さんに目を合わせて口を開いた。

「ここは何処だ……？」

「上明《かんみよう》神社の近くの山だ。お前さん、酔って沼に嵌ったんじゃないかね」

さらりと石宮さんが嘘を吐くと、男性は漸《ようや》く頭が回ってきたのか上体を起こした。

「山ぁ？　ッチ。泥まみれじゃねーか！」

訳の分からない状況に、頭を掻《か》きながら泥まみれになっている自分の体を確認する。

目つきは威嚇するようで、結構ガラの悪い人かもしれないと思った。不機嫌そうに立ち上がり、あちこち痛む体に首を傾げている。

「偶々《たまたま》私達が倒れているのを見つけたんです。一応、病院に行った方が……」

「うるせぇな。指図すんな」

八つ当たりのように私を睨《にら》みつけてくる。周君が私の腕を引いて男性から一歩下がらせた。

「元気そうですし、大丈夫ですよ」

足取りもしっかりしているし、放っておいても良いかもしれない。むしろこちらが怪我をさせられそうだ。

助けられた事など自覚もないのだろうから仕方ないのだが、その態度に少し傷つく。

しかしお礼を求めてやった訳ではないのだから、これでいいのだと思って自分を納得させた。

「そうだね、お節介だったかも」

いつものように、周君の方を向いてそう答えた。

けれど、その様子を見ていた男性が薄気味悪そうな顔をして私を見る。

「誰と話してんだ？」

え？

冷たい氷水に放り込まれたように、体温が一気に下がった気がした。

息をする事さえ忘れ、目を見開いて隣に立つ周君を見る。

その髪も、顔も、手も、どう見ても人間にしか見えない。

けれど思わず周君を注視する私に、男性は変な人を見るような目を向けてくる。

否定してくれる事を望んで見続ける私に、周君は言った。

「……しまった」

眉尻《まゆじり》を下げ、後悔するような顔の黒髪の高校生は愛嬌《あいきょう》のある普通の子にしか見えない。

けれど彼の言葉の意味は、つまり。

「自分がそこまで弱っているとは、思いませんでした」


――この人は、妖怪？


認識していたはずの世界が歪《ゆが》む。

私は本当に境界が分からなくなってしまった。何処から何処までがあの世界で、この世界は何なのか。

ただ分かるのは、この人が私に嘘をついていた事だけ。

それだけで光を見失った遭難者のように、どうすればいいのか分からなくなった。

「気味悪《わり》ぃ」

男性は硬直してしまった私を横目で見ながら、山を下りて行く。

痛む体を押さえつつ、手を借りるつもりはないようだった。不気味な女から離れたかったのかもしれない。

今、ようやく私は本当に父や石宮さんが生きてきた世界を知ったのだった。

奇妙な存在が見えるだけではない。何が違うのか『分からない』のが、この目の本当の怖さ。

ああ、そういえば術の練習の時、さりげなく避《よ》けていたではないか。

声をかけたものの、何を言えばいいのか分からない。

「周、君……」

「……はい」

周君も、私がどういう反応を示すかを硬い顔で緊張しながら待っているように見えた。

ただし、人間の基準で考えればの話だ。

妖怪だと知って、その考えが本当に人間と同じようなものなのかが分からなくなってしまった。

立ち尽くし、口を開いては何も言葉がでなくて閉じる。私は今までどんな風にこの人に話しかけていただろうか。思考がぐるぐると回って身動きが取れない。

骨女と周君は、同じ妖怪。

私が、たった今、消滅させた存在と、同じ。

唐突に吐き気がこみ上げてきた。手で口を塞《ふさ》ぎ、その悪心をやり過ごす。

周君にも、石宮さんにも、覚悟を求められてきたではないか。私は覚悟をしたつもりでも、全く想像が足りていなかったのだ。

今また時を遡《さかのぼ》り、骨女に同じように術を放てるかと問われれば、全く答えられない自分がいた。

周君にどう向き合えばいいのか、分からない。

私は、私達は、時を忘れたかのように硬直してしまった。

突風が吹き抜けていっても、身を庇《かば》う事さえしない。枯れ葉が顔に張り付いたのを、他人事《ひとごと》のように頭の片隅で鬱陶《うっとう》しく思った。

棒立ちしてどちらも動けずにいる私達を見かねた石宮さんが、間に立って凝り固まった空気を打ち破ってくれる。

「すまないね、柚葉《ゆずは》ちゃん。気付いちゃいたが、私が言っていいものか迷ってしまった。……一先《ひとま》ず、境内に戻るのはどうかね？」

石宮さんのせいではないのに、とても申し訳なさそうに私に聞いてくれた。

その申し出が有り難い。落ち着いた環境でゆっくりと彼と向き合いたかった。

「そう、ですね」

私の戸惑いの混じった声に、二人の顔がほっとしたように見えた。

まるで、人間みたい。

石宮さんが促すように歩き出す。強張《こわば》った表情のまま、私も後に続いたのだった。

◆

社務所の座布団に、緊張で体を硬くした三人が座る。場所が変わっても、空気が和んだ様子は欠片《かけら》もなかった。

周君は奇妙なほど静かに、私の判断を待つ。人間としか思っていなかった彼を、間近で改めて観察する。

黒子《ほくろ》も雀斑《そばかす》も一つもない肌が、妖怪と知ってからは作り物じみて見えた。長く繊細な睫《まつ》毛《げ》が花弁のように頼りなく揺れているのは、感情の揺れからだろうか。

居心地の悪い空気に、耐えきれなくなったのは石宮さんだった。はじめに周君を見て、次に私を見て、咳《せき》ばらいをする。

「境内に入る事を躊躇《ちゅうちょ》しないのは、人と共に暮らしてきたこの神社の神に受け入れられるほどに善性のものであるという事。……庇う訳じゃないが、話を聞く耳ぐらいはもってやってもいいんじゃないかと思うよ」

石宮さんの優しい声に、少しだけ安心して強張っていた体の緊張を緩めた。

「正直……戸惑ってしまって」

「そうか。……二人だけで話してみるかい？」

私が周君を拒絶している訳ではないと知り、石宮さんが少し表情を緩めた。気遣ってくれたので、勇気を出して頷《うなず》いた。

石宮さんの様子から、骨女のように人が恐れる存在ではないのだろうとは分かった。妖怪にも、人と同じように様々な性格のものがいるのだとしたら、妖怪だからという理由だけで反応を変えなくてもいいのだろうか。

石宮さんが静かに部屋を出て行く。二人きりでしばらく黙り込んでいたが、私から小さな声で話しかけてみた。

「周君、妖怪なんだね」

「……はい」

「どうして、黙っていたの？」

「妖怪に襲われる柚葉さんを僕が本性のまま守ろうとしても、信じてもらえないと思ったんです」

それはそうかもしれない。現に今、周君と交流を深めた後でさえこれだけ動揺しているのだから。

周君の本性は、一体どんな姿なのだろう。骨女のような恐怖を感じる姿だったら、知らない方が幸せなのだろうか。

「……それに、この手が」

周君は眉《まゆ》を八の字にし、寂しげな顔で指の長い自分の手を見る。

「どれほど繊細に貴女《あなた》に触れるのかを試してみたかった。人の形をとってみたかった本当の理由は、それだけです」

なんて切ない顔だろう。恋焦がれるようなその顔を見て、私は目の前の妖怪《ようかい》に悪意がない事を理解した。

だって、周君の手の優しさを私は知っている。泣きわめく私を、包み込み慰めてくれる手だ。

あの夜の温《ぬく》もりは、疑いようもなく私を癒《いや》してくれた。

大きく息を吐く。漸く、少し笑って周君に向き合う事ができた。

「ごめんね。びっくりしちゃったけど……妖怪でも周君は周君だから」

その言葉に周君が泣きそうに目を潤ませながら、満面の笑みを浮かべて私を見た。

この表情を浮かべる存在なら、信じられる気がした。

緊張が解けて緩んだ雰囲気の中、周君が静かに言った。

「もう少しだけ、僕と一緒にいて下さい」

そうか、妖怪を見えなくする旅をしているのだった。それが安寧への道筋で、私はそれを求めて必死でここまで来たはずだった。

けれど、周君と別れる覚悟は何もできていなかった。

胸に氷の刃が突き刺さったように、痛くて冷たい。季節が真冬に一気に変わってしまったかのようだ。

思い返せば周君は道すがら、別れの心構えを私にさせてくれていた。

それでも私は再会の期待を抱いてしまっていた。連絡先を教えてくれなくても、何処かで会う事が叶《かな》うだろうと。

別れ際の反応次第では、捜そうとも思ってしまっていた。その望みが僅《わず》かでもあるのと、全くないのではまるで違う話である。

空気が緩んだのもつかの間で、再び私の顔が強張っていく。

別れを意識させられた事で、とうに周君を自分の心の境界の内側に入れてしまっていた事に気付かされた。

周君が妖怪である事実を知って動揺したときも、永遠の別離を知った今ほどに耐えがたい苦痛は感じなかった。

父も母もいない家で、一人の寂しさが知らないうちに私を蝕《むしば》んでいたに違いない。会ってからの短さを思うと、驚くほどの早さで私は彼に依存していたのだ。

周君の笑みの中に儚《はかな》さがあるように感じるのは、周君も私との別れを惜しんでくれているからだろうか。

離れたくない。

そう強く思うのに、私の卑怯《ひきよう》な口は何も言ってくれない。

この目があるという事は、今までの生活の全てを捨てる事だ。ごく普通の女子大生をして、バイトにも行って。

そこで会った人たちと他愛のない会話をして、日常に紛れて埋没していく。それが、私があると信じていた未来で、今渇望するものだった。

どちらかしか手に入らないと選択を迫られて、周君だと言えない自分がいた。

私の青ざめた顔を気付かないか、それとも気付かないふりをしたのか分からない。周君は窓の外へと視線を移し、遠くから聞こえる山鳥の声に耳を澄ませる。

「あと、もう少しですね」

紫竹《しちく》さんの場所は、小さい山の二つ先だった。それが、随分短い距離に感じる。

周君の事をまだ高校生だと思って自分の心から目を逸《そ》らしていた。

けれど、そんな年齢差など関係なくなってしまう事実を知り、さらけ出された自分の感情に直面する。

私、この人に恋をしていた。


自覚した瞬間に叶わない事を知るなんて、なんて馬鹿な恋をしてしまったんだろう。

その手を繋《つな》ぎながら歩いてみたかった。

見つめあう事に理由なんて欲しくなかった。

特別のように守られる事を、当然のように受け止めたかった。

本当は心の底でそんな風に思っていた自分がいたのに、それを無視し続けてきた。

今は妖怪だと知ったのに、自覚してしまったら欲が消えない。

泣きそうになるのを必死で堪《こら》えた。だって泣いてしまったら、周君に慰められてしまう。

彼が望んだ温かくて優しい人の手だからこそ、今は避けたい。

自分がどれほど深みに落ちてしまうか、予測できてしまったからだった。

だから私も知らないふりをして、「そうだね」と小さな掠《かす》れるような声で返した。

第三章

最寄り駅だという無人駅で降りると、驚くほど周囲には何もなかった。

急斜面にへばりつくようなホームがあり、小さな駅舎らしきものがあり、後は木に囲まれていて人の住んでいそうな建物はない。

眼下には大きな川が流れていて紅葉が見事な美しい場所ではあったが、観光客らしき姿も一切なく、こんな場所に電車が通っている事さえ疑問に思うほどだった。

「本当に、ここであってるんだよね？」

余りの人気のなさに思わず聞いてしまう。

「間違いないです。人嫌いなんですよ。紫竹《しちく》さんは」

それにしても限度があるだろう。周君《あまね》の言葉に重苦しい溜息《ためいき》を吐く。

ホームの横にある申し訳程度の階段を下りてしまえば、もう山道だった。

道らしいものもない中を、周君は躊躇《ためら》いもなく進んでいく。私には道しるべも何も見えず、言いようのない不安に襲われた。

間違いなく、道を見失えば遭難してしまいそうな山中である。それだけでなく、まるで巨大な生き物が口を大きく開けている中に自ら入ろうとしているような、そんな不気味な雰囲気が山にはあった。

それでもここまで来たら行くしかない。勇気を出して周君の後に続くと、ホームはすぐに視界から隠れてしまった。

最後の人工物であるそれらが見えなくなって、いよいよ何処を見渡しても木ばかりである。

山には見慣れない実をつける植物や、紅葉の葉が目を楽しませてくれた。しかし急斜面を登り続けるのは辛《つら》く、次第に呼吸は荒くなっていく。

何処まで歩いても続く代わり映えのしない光景。

紫竹さんは確かおばあさんだった筈《はず》だ。こんな山奥に、本当に住んでいるのだろうか。コンビニもないし、スーパーもない。ついでにご近所さんもいなそうだ。

木々の騒《ざわ》めきが自分の内心にも伝わって、落ち着かない気分にさせた。

「頑張って下さい。まだ先ですから」

周君は斜面の上にある大きな岩の上で、足の遅い私を疲れた様子もなく待っていた。こんなに歩いているのに、汗もかかず余裕の表情である。

体力があり過ぎるでしょうと思ったところで、彼が人間ではなかった事を思い出す。こんなに傍にいるのに、こんなに優しいのに、こんなに人に紛れるのに、人ではないのだ。

彼が待っていた岩の上までたどり着くと、その頃にはまた随分先の太い木の傍に立っていた。

その場所に息を切らしながら行くと、また先へ。それを繰り返しながら私は山の奥へと進み続けた。

何気なく後ろを振り返ってみる。登ってきた急勾配《きゅうこうばい》の坂道の下には、霧が立ち込めてきて何も見えなくなっていた。

それがどうしてか不安を掻《か》き立てる。まるで、もう人間の世界に帰れないかのような妄想が私の頭に浮かんだ。

何を馬鹿な。自分で選んでここまで来たのに。

突然、小さな子供のくすぐるような笑い声が聞こえた。

思わず周囲を見回すが、獣の姿さえ見えない。

こんな場所に住んでいる人なんて、紫竹さん以外に思いあたらない。先を進む周君に聞いてみた。

「ねえ、もう紫竹さんの家に着いた？」

前を歩いていた彼は、振り返って私の質問に怪訝《けげん》な顔をする。

「まだ随分先ですよ」

だったら、今の笑い声は誰のものだったのだろう。背中に悪寒が走った。

「子供の声が聞こえない？」

周君に聞いてみたが、彼は片眉を上げて不思議そうな顔を崩さなかった。

「いいえ。聞こえましたか？」

そう言って私を心配そうに見てくる。私は何故だか周君に違和感を抱き、それ以上主張する事を止めた。

「……聞き間違いだったみたい」

私が笑顔を取り繕って言えば、周君も疑問を抱かず先に進み出した。けれど、子供の声がまた耳に響いた。

それがとても不気味で恐ろしく、自分の中の違和感と不安を増幅させていく。

子供の声は周囲をぐるぐると回り、収まらない。目を凝らして声のする方を見るが、鼠一匹見えなかった。

間違いなく、妖怪《ようかい》の仕業だろう。それなのに何故、同じ妖怪である周君が聞こえないのか分からない。

恐れを抱きながら、黙々と足を踏みしめる。顔色の悪い私に、数メートル先で待っている周君が話しかけてきた。

「こっちです。頑張って下さい」

斜面の上で美しい人外の少年が私を見下している。

戻れない世界に誘《いざな》うように、美しい笑みを浮かべながら。

彼は、本当に私を助けてくれようとしているのだろうか？

あってはならない疑問が浮かんでしまい、冷や汗がどっと額に溢《あふ》れた。足が止まり、先に進めなくなる。

「柚葉《ゆずは》さん？」

その声の何て魅力的な事だろう。心にすっと入り込み、人を信用させる。

けれど彼が嘘をついていないなんて保証は何処にもないのだ。

「どうしましたか？」

いつものように私を気遣ってくれるが、その優しさが今は信用できない。

もしかしたら、私は彼に恐ろしい場所へと連れて行かれている最中なのではないだろうか。

子供の声が一際大きく頭の中で反響する。

くすくすくすくす。

それは自ら危険へと進む哀れな獲物を、嘲笑《あざわら》っているかのように聞こえた。

「疲れたんですか？」

周君が私に近づこうと一歩踏み出した瞬間、私は一歩後退した。

いよいよ様子がおかしい事に気付いた周君が、少し眉間《みけん》に皺《しわ》を寄せて私を窺《うかが》う。

「柚葉さん？」

この先に行ってはいけない。

まるで忠告のような言葉が胸に浮かぶ。

『食われるぞ！』

私は胸の声に促され、全力で今辿《たど》ってきた道を駆け下りだした。

どうして今まで、この妖怪を信じてしまっていたのだろう。彼は、あの恐ろしい骨女《ほねおんな》と同じ妖怪だ。人を道具のように扱い、命を奪う事に何の疑問も持っていない。

猫に紛れる猫又《ねこまた》のように、人に紛れている彼は、それでも決定的に違う存在なのだ。

「柚葉さん！」

慌てたような周君の声が聞こえたが、今は逃げた獲物を逃すまいとする恐ろしい声にしか聞こえない。

骨女から逃げる時と同じように、早鐘のような鼓動を感じながら全力で駆けていく。

周君は獣のような身のこなしで障害物の多いこの場所を難なく移動し追いかけてくる。

いくら足を動かしても距離が開かない。

元々道などないような場所を歩いていたので、すぐに自分の居場所など分からなくなってしまった。

遭難するかもしれないと頭の隅に浮かんだが、その方が彼に捕まるよりマシに思えた。

「どうしたんですか⁉　そっちは危険です！」

何か言っているが、耳に入らない。ただ、子供の笑い声がまだ耳に纏《まと》わりついていた。

漸《ようや》く苦労して登ってきた斜面を、転がるような勢いで駆け下りていく。

早く、早く、逃げないと。

しかし一体何処へ？　駅への帰り方なんて分からない。山の中で誰に助けを求めればいい。

くすくすくすくす。

ああ、また鬱陶《うっとう》しい声が聞こえる。我武者羅《がむしゃら》に走り抜けているのに、どうして離れないの。

足の速い周君にとうとう追いつかれ、肩を掴《つか》まれそうになる。

「嫌ッ」

思わず悲鳴をあげ、振り払う時に見えたのは周君の酷《ひど》く傷ついた顔だった。

そんな顔をして、自分を信頼させようとしているのだ。だから罪悪感があるのも、全て誘導されているに違いない。

振り払われた事に怯《ひる》み手を引いたので、その隙にまた更に力を振り絞って走り続ける。

多分、私を捕まえようと思えばもういつでも捕まえられる速度だっただろう。

けれど周君は躊躇うように無理に掴む事はせず、後ろに一定の距離を開けたまま追い続けている。

それでは駄目なのだ。この妖怪から逃げ切らないといけないのに。

勢いよく斜面を下り続け、踵《かかと》はもう痛くて踏みしめる度に辛《つら》かった。けれど更に力を振り絞って足を動かす。

「危ないっ！」

その、悲鳴のような周君の声だけはよく耳に届いた。

思わず後ろを振り返ると、こちらに必死の形相で手を伸ばす彼の姿が見える。

その瞬間、足元から地面が消えた。

一瞬の記憶の空白。

気づけば、周君に抱えられて地面に転がっている自分がいた。息も止まっていたらしく、反動のように速い呼吸を繰り返す。

視界には高さ数メートルはある崖《がけ》が見えた。ここから落ちたのに、体が痛い所は何処にもない。

周君が、庇《かば》ってくれたからだ。

その事実が、頭を支配していた恐怖の他に彼を心配する気持ちを芽生えさせた。

急ぎ自分を抱える周君の顔を見ると、苦悶《くもん》の表情を浮かべて苦痛に目を閉じている。

「周君！　大丈夫⁉」

何かが変だった。周君の事が怖くて仕方なかったのに、この温《ぬく》もりが何よりも信頼できると思っている自分がいる。

自分の体を起こすと、横に転がる周君の顔を覗《のぞ》き込んだ。

よく見ると骨女につけられた顔の傷はそのままで、殴り合った拳《こぶし》の赤みも残っている。

こんなに痛んだ体で更に私を庇うなんて、その衝撃は計り知れなかった。

いくら人ではないからといっても、骨女のように儚《はかな》く消えてしまうのではないか。

どうして私は、怖いはずのこの妖怪が消えるかもしれないと思うだけで、こんなにも心苦しく感じるのだろう。

頭がかき回される。

自分が何をどう感じているのか、分からなくなる。

周君が目をうっすらと開き、逃げずにいる私を眉尻《まゆじり》を下げて安心した顔で見た。

「大丈夫ですか？」

ああ、こんな時まで心配してくれる。彼が私を陥れようとしている筈《はず》がない。

いいや、油断するな。後で食べようとしているのさ。

そんな相反する二つの心に、吐き気がした。

頭を抱えて、耳を塞《ふさ》ぐ。誰かが耳元で悪意を吹き込んでいるようだった。

外界を遮断するように蹲《うずくま》った私の傍で、周君が痛む体をゆっくりと起こす。

「ごめんなさい……！」

彼が傷ついた事を謝らずにはいられないのに、今も逃げ出したいと思っている自分がいる。

周君は私に何かが起きているのを察してくれていたようだ。傍にしゃがみ込み、確かめるように私の肩にそっと触れる。

初めて周君の前で泣いた時。同じように恐る恐る私を慰めてくれていた事を思い出す。

あの時と周君の優しさは何も変わっていなかった。なのにどうして、こんな恐怖が私の中にあるのだろう。

「何が起きているのか教えてください」

怯《おび》えた私を刺激しないように、小さく周君が尋ねてきた。その声の気遣いに頑《かたく》なだった心が解《ほぐ》され、漸く口を開く事ができた。

「……声が聞こえるの。子供の、笑い声みたいな」

「声？」

周君が顔を上げて周囲に耳を傾けるが、何も聞こえないようだった。

逃げないと、逃げないと、危ないよ。

また笑い声と忠告が聞こえる。誰かが、私に話しかけてきている。

「逃げろ、危ないって」

私は顔を上げて、縋《すが》るようにして周君を見た。

「怖い」

その対象である周君なのに、この異変を助けてくれるのもまた彼であると信じている自分がいた。

彼は怯える私に目を合わせると、静かに言った。

「僕は、人ではありません」

その人でない事を裏付けるような異様に整った顔が、苦し気に歪《ゆが》められる。人と同じように。

「柚葉さんに嘘を吐き、なお見知らぬ場所へと連れて行こうとしている」

疑いながらその情報を考えれば、恐怖を抱いてもおかしくない状況だった。

しかし周君は不器用なほどに真正面から私に向き合う。

「それでも僕を……信じてください」

吸い込まれるように綺麗《きれい》な彼の目が、私を正気に引き戻す。

子供の声が私を惑乱させる中、向けられた彼の心だけが灯台の光のように私を導いた。

恐怖で覆いつくされていた心の靄《もや》が少しずつ晴れていく。

目の前にいたのは、私を陥れようとする恐ろしい妖怪ではなく守り続けてくれた、私が恋をした存在だった。

保証は何もない。けれどそれでも構わないと思ったのは、確かに自分の本心だった。

「信じる」

怯えた目ではなく、しっかりと周君の目を見て頷《うなず》く。

お互いの目がしっかりと合わさったのを確認し、周君は顔の強張《こわば》りをゆっくりと解いていった。

「……周囲を探って来ます。動かないでいて下さい」

「分かった」

私を怖がらせないように、ゆっくりと周君がその場を離れていく。やがて姿が見えなくなり、足音が小さくなった。

一人になると五月蠅《うるさ》いほどに聞こえていた子供の声も静まって、聞こえなくなっていた。頭に冷静さが戻り、先ほどまでの恐怖心が明らかに異常だったと分かる。

妖怪《ようかい》か、それとも他の何かの原因かは分からないが、あの子供の声が自分の心を乱したのだろう。

けれどあの唆す声が、一点の曇りもないほど外部からの要因だと断言できるだろうか。

私は信頼すると言っておきながら、やはり人ではない彼を信じ切れていなかったのではないだろうか。

自分の心の弱さが露呈し、助けてもらう身でありながら次々と迷惑をかけてしまう事に酷く落ち込んだ。

落ち葉の積もる地面の上で、子供のように膝《ひざ》を抱え小さくなる。

こんなどうしようもなく無力な人間を、どうしてここまで親身になって助けてくれるのだろう。

きっとそれが分からないから、不安を拭《ぬぐ》いきれないのだ。

けれど別れを前提として距離を置く彼に、それを聞く事ができていないままだ。

目的地まであと少しの場所に来てしまっている。

聞きたい。けれど、聞く事で嫌われたくない。

最も難解な問題の正しい答えを求めて、残りの時間も少ないというのに頭を巡らせ続けている。

深い溜息《ためいき》を吐いた。同じ異変が起きても大丈夫なように、心を強く持たねば。

一人で思考を巡らせていると、遠くから小さな悲鳴が聞こえた気がした。

（きゃっ）

それが耳から聞こえてくるものなのか、それとも頭に直接響いた声なのかは分からないが、子供の声によく似ている。

周君が原因を見つけたのだろうか。

しばらくすると落ち葉を踏みしめる足音が近づいて来て、周君の姿が見えた。しかし一人だけではない。

大きな猿のような存在が、両腕を背中に回されしっかりと周君に捕縛されて連行されていた。

猿のように全身に毛が生えているが、ニホンザルよりも二回りは大きく、顔はもっと人に近かった。

それは無理矢理連れられている事に不満そうな表情をしながらも、大人しくしている。

とはいえ周君の手などに引っかき傷のような痕《あと》があるので、さっきまで戦ったりしていたのだろう。

「お待たせしました」

周君は困った顔をしており、骨女と対峙《たいじ》した時のように警戒心をむき出しにするというよりは、悪戯《いたずら》をする子供をどう叱ろうかというような雰囲気だった。

「……その、お猿さん？　妖怪よね？」

（猿じゃないっ！）

心に響く反論の声は、確かに私の頭に響いた子供の声と同じものだった。

「これは、サトリです」

「サトリ？」

「悪意ある妖怪ではないのですが、山に住み人の心を読み、時に惑わせます」

人の心を読むなんて、なんて恐ろしい能力なのだろう。けれど周君の対応を見る限り、困っている人を見て楽しみたいだけの妖怪のように思えた。

迂闊《うかつ》な事を考えられないな、と思っているとサトリは私を見て鼻に皺《しわ》を寄せて言った。

（迂闊な事を考えられないな、と思ったな）

どうやら本当に考えが読まれてしまっているようだ。

「先ほどの柚葉さんが聞いた声も、サトリが直接心に呼びかけたものでしょう。音を使って話してないから、どんなに傍にいても僕には聞こえない」

掴《つか》んでいるサトリが逃げないよう油断なく目を向けながら、周君は何処か怒ったように言った。

「……そして、柚葉さんの中にある僕への恐怖心を増幅させた」

自分の弱さを突きつけられて、罪を明らかにされた罪人のような気持ちになった。

「サトリは、全くない感情を新たに作る事はできません」

心を読まれているのだから、違うという言い訳はできない。自分は確かに唆された原因となる不安を抱えていた。

どんな言葉も適切なように思えなくて、ただ静かに謝る。

「ごめんなさい」

周君は険しい目をしていた。腹立たしそうに歯を食いしばるこの表情を、自分がさせたかと思うと申し訳ない気持ちが溢《あふ》れていく。

「僕が、怖いのですね」

答えは単純ではなかった。

私は彼が語らない何かを恐れているが、それと同時に抗《あらが》いようがないほど強い引力で魅了されている。

相反するような感情が、同時に自分の心に存在できるなど、自分がこの状況にならなければ知らなかった。

何と答えても正しく伝わらない気がして、矢張り沈黙してしまう。

「柚葉さんと言葉を交わしてから、別れを意識しない事はなかった。だから遠ざけて、踏み込まれないように線を引いて来たのに」

自嘲《じちよう》するように鼻で笑う。しかし、彼が人間らしく振舞っていたのはそこまでだった。

「実際にこうして距離があるのを知ると、どうしてか苦しい」

その目の瞳孔《どうこう》が縦に裂けた。

本性の片鱗《へんりん》が感情の高ぶりによって表面化しているのか。

今まで妖怪だというのが気付かないほど、彼は徹底して人間に化けていたというのに、
私が恐れているという事実だけで、周君は取り繕っていたそれを放棄した。

目の前の少年は、もはや人間だと言える存在ではなかった。

その目のせいだけではなく、風のような力の奔流を肌で感じる。たとえ雑踏の中にいたとしても、その異様さに気付かない筈がない。

捕らえられているサトリさえ、自分を取り押さえている存在の力の一端を垣間《かいま》見て、顔色を青く染め上げていく。それは妖怪にとっても、周君が只者《ただもの》ではない事を示していた。

人間に完璧《かんぺき》に化けられる、人の目にも映ることさえできる能力の持ち主が、只《ただ》の妖怪の括《くく》りに収まるのだろうか。

象のような巨大な力を、蟻のような私の傍にいる為に抑え続けてくれたのではないだろうか。

何もかもが、私と彼とでは違い過ぎる事を目の当たりにする。

けれどその爬虫類《はちゅうるい》のような目が余りに寂しいものだから、その場を離れようとさえ思いつかない。

愛《いと》おしそうに、憎らしそうに、私に思いの丈を曝《さら》け出した。

「……人の身の、なんと儘《まま》ならない事か」

初めて、周君の本当に触れられた気がした。

彼が妖怪である事にあれほど恐怖を感じていたのに、目の当たりにしている本性の欠片《かけら》は驚きこそすれ、怖くなどなかった。

私は、知らない事が怖かったのだ。

周君が何を考えて傍にいてくれるのかが分からなかったからこそ、見えない何かに想像を巡らせ恐怖した。

迷惑をかけている立場で、怖気《おじけ》づいて何も聞けなかった。周君も、教えてくれようとはしていなかった。

けれど今なら、同じ感情を共有していると思った。私達は互いに距離を縮めたいと強く願っている。

「教えて」

小さく、けれど確かに私は彼に願い出た。

「……何を？」

「貴方《あなた》の事を。そうすれば、きっと何も怖くなくなる」

こんなにも勇気を出した事はない。

周君は驚きに瞳孔を一瞬丸くさせると、ゆっくりと口角を吊《つ》り上げていった。

美しい怪しい妖の笑みに目を奪われる。

もう後戻りができないのだと、その抗えない魅力を前に、ただ人でしかない私は悟った。

「なら、知って下さい。それで僕を恐れなくなるというのなら。僕には、それだけが我慢ならない」

周君はサトリへと視線を落とした。意識を向けられたサトリが怯《おび》えるように周君を見上げる。

「僕と柚葉さんの出会いの記憶を伝えてくれ」

（……良いのか？）

サトリは不思議そうだった。自分の心を曝け出される事を、恐れる存在しか知らなかったのだろう。

けれど周君はその疑問にはっきりと答えた。それは逆らう事の許されない、王のような一声だった。

「良い」

自分よりも強い存在からの要求である。断ればどんな目に遭うか分からないと思ったようだ。

（分かった）

周君は掴んでいたサトリの手を離し自由にさせたが、逃げる事もなく、大人しくその場で宙をこねだした。

数分も待っていると、淡く光る玉のようなものがその手にできあがる。それを周君に差し出し、受け取らせた。

(仕事はしたからな!)

そう言うや否や、サトリは本物の猿の如く山の中へ駆け出してしまう。周君はみるみるうちに小さくなるその姿を追うような事はしなかった。

手に残されたその光の玉をしばらくじっと見つめていると、片手で私の右手を掴み、その玉を掌《てのひら》の上に載せた。

その玉は水晶のようで内部に輝きを内包し、光は一時として同じ形を保つ事がない。大きさはほんの、飴玉《あめだま》ほどしかなかった。

「記憶の塊。呑《の》み込むだけです」

初めて見る記憶の形に、少し躊躇《ためら》う。体内に入れて自分の身に何が起こるのか、未知への不安は確かにあった。

「怖いですか?」

「怖い。けど……知らないままなのも、嫌なの」

私の感情を確かめようとしてくる周君へ、弱い自分を奮い立たせて笑って言った。

それを知る事で、貴方に近づくのなら。

毒を呷《あお》るように一息に玉を呑み込む。
意識が急激に虚《うつ》ろになり、足元がふらつく体を彼が支えてくれた気がした。後はもう、現実の事は何も分からない。

これは恋だ。
死の恐怖にさえ勝る程の。
気付いた時にはもう、手遅れだった。

第四章

視界一面に雄大な雲の海が広がる。白く厚い雲の層は下の景色を完全に覆い隠してしまっていた。

遠くの雲は形がはっきりとしてまるで乗ることすらできそうなのに、足元では雲は霧のように霞《かす》んでいる。

空も太陽も美しい光景に呑み込まれそうだが、同時に生きているもののいない景色を人の感性で怖いぐらいに寂しく思った。

これが、周《あまね》君の記憶。

長大な体を蛇のように蛇行させると、何もない空をいとも容易《たやす》く進んでいく。

視界に映る鱗《うろこ》は緑玉のように煌《きら》めき、吸い込まれるような美しさだ。鱗一枚でも剝《は》がれ落ちたのなら、この世の宝石の中で最も高額な物になるだろう。

鳥のような右手が水晶のような球をしかと握りしめていて、そこから活力のようなものが伝わってくるのを感じた。

人の身では経験できないだろう程の満ち満ちる万能感。彼は周囲の雲すら意のままに操り、その巨体が悠々と泳ぐ空の下にある雲からは大きな雨粒が地上へと降り注いでいた。

彼を目にした時、人は祝福か災禍のどちらかしか感じないだろう。格が違いすぎる故に。

どれだけ妖怪《ようかい》に疎い私でも、もう彼の正体に気が付いてしまった。

――龍《りゅう》。

水を司《つかさど》り、時に神として祀《まつ》られてさえいるもの。

彼のことを知って近づけるかと思ったのに、その強大さに只の人間でしかない私が不釣り合い過ぎて遠ざかったように感じた。

こんな大きな存在が、人の体で私の傍にいてくれた事が信じられない。可愛らしささえ感じた周君とは全てが違うように感じた。

どうやってあの小さい体にこの存在を押し込めたのだろう。

どうやって交わる事さえないような人の振りをし続けたのだろう。

畏《おそ》れを抱いてしまいそうになり、その心をぐっと押し殺した。私も彼も望む心ではないからだ。

恋をした人の一端を龍の記憶の中で見つける為に、覚悟を決めて記憶の中に没入する。

周君の思考に私が乗り移り、次第に自分の境目が失われていく。

そして私は、彼になった。

雲に体を潜らせてしまうと、今度は視界が真っ白に染まって少し先も見えなくなる。けれどこの体では嗅覚《きゅうかく》と聴覚で、雲の中の出来事がよく分かった。

「……何処だ」

捜すものが見当たらない事に苛立《いらだ》ちながら呟《つぶや》いた。

海を泳ぐイルカのように、雲の波から顔を出したり、深く潜行するのを繰り返す。体を動かすたびに怪我をしている全身がじくじくと痛むが、休んでいる暇はない。あれを見つけない限り、気が休まる筈《はず》がない。

やがて遠くの方で、雷鳴が轟《とどろ》いているのを察知する。そしてその場所を目掛けて雲に潜り、弾丸のように一気に加速した。

急に開けた大きな空間が目の前に現れた。その場所を取り囲む雲は水分を濃く含んだ灰色の雲で、時折稲光が雲の中に輝いている。

あたかも雲と雷で作られた巣のようであった。

その空間の中心で鋭い眼光をこちらに向けている獣がいる。大きな狼のようなそれは、尾が分かれ、後ろ足は四つあった。

怒りが沸き立つ。その妖怪はこの半月以上、私の縄張りを荒らしている厄介者だった。

「雷獣《らいじゅう》め」

自分の口から響くのは、若い人の声ではなく低く轟くような人外の声である。

口を大きく開き、雷鳴にも勝るほどの雄叫《おたけ》びを上げて威嚇した。

そして雷獣も吠《ほ》えて応《こた》えると、その体を取り巻くように雷《いかずち》が弾《はじ》ける。

「目障りな……！」

この領域に来てから粘着質に捜され続けていた雷獣は、苛立ちながらこちらに向かって叫ぶ。

体のあちこちに怪我を負っているのは、両者がこれまでに戦っていたからだ。

「ここは、我が領域ぞ」

今までやってきた多くの厄介者達と同じように、敵意を相手に叩《たた》きつけた。

侵入者を見つけ、戦い、勝つ。

延々と繰り返されてきた終わりのない流れに、今日も疑問も持たず身を投じた。空を飛ぶ龍は、そういう生き方しか知らない。

私の言葉に雷獣は憎々し気な視線を向けると、空を大地のように蹴《け》ってこちらへ飛び掛かって来る。

雷獣もまた、私を倒さない限り荒野のような天空で安寧など得られないと分かっているからだ。

そうして始まった戦いは、簡単には終わらなかった。

獣の顎《あぎと》が幾たびも牙《きば》を鳴らし、雷と氷の礫《つぶて》が激しく飛び交う。

当たったら一撃で丸焦げにされそうな太い雷が、何本も脇を通り過ぎていく。

日が沈んでも終わらない。夜の月明かりの中で雲を掻《か》き分け、昇った太陽の下で舞うように飛ぶ。

幾度も月と太陽が入れ替わり、二人は少しずつ弱っていった。

そして、汚らしく血にまみれた雷獣の毛皮に深く噛《か》みつくのと、一際太い雷が私の体を貫いたのは殆《ほとん》ど同時だった。

力を失った二つの体が、これまで飛べていた事が嘘のように下に沈んでいく。

まずい。……このままでは地面に落ちる。

空を飛ぶ者にとって、それは屈辱に他ならない。

空を飛べるのは選ばれた者だけであり、その能力も持たない哀れな地に這《は》う者などに何の興味もないのだ。

遠く眼下の木の下で蠢《うごめ》く小さな生き物たちなど、人間にとっての蟻程度の矮小《わいしょう》な存在に等しい。

しかしいくら地に落ちたくないと思っても、体も能力もまるで自由に使えない。雷獣の体は落ちながら離れて行ってその内に見えなくなった。

雲の下を抜け、山へと近づいていく。

やがて轟音《ごうおん》を立てて、大地へと体が叩きつけられたのだった。

全身が酷《ひど》く痛む。動かす事さえままならず、口を開ければ溜《た》まっていた血が零《こぼ》れ落ちた。

地表で降っていた大雨は、空の下の全てに平等に降り注ぐ。体に叩きつけるような雨粒が当たるのを感じながら、灰色の空を見上げた。

周囲は大きな木々に囲まれた深い山の中である。下手に動くよりも、ここに身を潜めているべきだろう。

雷獣に見つからなければいいが……。

体が酷く弱っているのを感じる。もし多少でも雷獣の力が残っていて私を見つければ、抵抗する力はもうない。

死が近づいて来た事を感じながらも、動揺はしていない。自分を含めた命が弱肉強食の理《ことわり》の中にある事を理解しているからだ。

けれど普段見下している地上の妖怪に命を奪われるのは、不快だった。

何者かが気配を隠す事もなく近づいているのを敏感に察知した。向かってくる方角を睨《にら》みつけ、近寄れば叩き潰《つぶ》す気で待ち構える。

そして目に入った余りに脆弱《ぜいじゃく》な生き物に、その気持ちが一気に霧散した。

「人の子か」

雨具も着ず雨に濡《ぬ》れて体力を奪われている人の子は、放っておけば半日も持たず命を落としかねないほど弱々しい。腕にはウサギのぬいぐるみを固く抱きしめていた。

何処かに親がいるのかと周囲を探るが、人の気配は見つからない。

まあ……私の事など見えないだろうし、放っておくか。

冷淡にもそんな事を考える。人などわざわざ助けてやるほどの者ではなく、また弱い者が死んでいくのも当たり前の道理だからだ。

けれど人の子の娘はしっかりと私の方向を見つめている。珍しい事に見えているらしい。

そして茫然《ぼうぜん》として見上げているかと思うと、無防備に近づいて来た。

「……痛そう。大丈夫？」

怪我をしている事に同情したのだろう。幼い純真さで泣きそうになりながら、無視をしている私に話しかけた。

面倒だ。

相手にするのも鬱陶《うっとう》しく、そのまま岩のように無言を貫く。しかし娘は益々《ますます》近くに寄ってきて、何度も話しかけてきた。

「ねえ。この怪我、どうしたの？　痛そう。傷薬で治る？」

相手をしない限り、話しかけられ続けそうな勢いである。

「構うな」

無視を諦《あきら》めてぶっきらぼうに言い放った。けれど娘は納得しないで心配そうに見続けている。

私の心配をしている場合ではないだろうに。

この大雨の中、山に一人でいる子供の運命など碌《ろく》なものではない。

けれど自分の危機などに気が付かない幼子は、ただ目の前の痛々しい私をどうにかしてあげたいと、小さな頭を巡らせて考え込んでいる。

一体その小ささで何ができるというのだ。

無力な存在が、自分のような強者を助けようと真面目に考える様子は滑稽《こっけい》である。けれど不快ではなかった。

長い時を一人で過ごしていた。当然、誰かに自分の心配をされるという経験がない。

この馬鹿馬鹿しい事態を、物珍しさから受け入れてみてもいい気がした。

娘が何の決断をするのか興味深く見守っていると、やがて決意した表情で私を見上げた。

腕に抱いていたウサギのぬいぐるみを、高々と私に差し出したのである。

「これ、あげる!」

「これを?」

そこで初めて、彼女が手にしていたウサギのぬいぐるみに意識が向いた。

目を細めてじっと見ると、強力な術がかけられている。

この術を人間がかけたとしたら、中々大したものだ。

このぬいぐるみが傍にあれば低級の妖怪など近寄れず、また姿を認識する事も難しくなるだろう。

大妖《たいよう》である雷獣にどこまで通用するかは謎だが、今の弱り切った体には確かに助けになる物である。

人の子の意外にも効果のありそうな提案に感心する。とげとげしさを潜め、多少優しく声をかけた。

「確かに。それは私の助けとなろう」

ぬいぐるみを掲げていた娘は、力になれた事が嬉《うれ》しくて満面の笑みを浮かべた。

他人の役に立って喜ぶなど、今の自分には理解できない事である。けれど純粋な娘の好意は、空で戦いばかりの日々を送っていた自分に新しい心境を齎《もたら》した。

脆弱な地上の生き物も、そう蔑《さげす》む程のものではないのかもしれない。

「うん！」

娘はぬいぐるみを地面に置き、満足そうな表情である。しかし気分がいいのとは別に、雨に体温が奪われ続けていて顔色は悪かった。

「……満足したなら帰るがいい。道は分かるか？」

言葉を幾らか交わしてしまったら、それなりに情も湧く。みすみす死なせるのは忍びなくなってしまった。

しかし心配は杞憂《きゆう》だったらしい。娘は不安など何もないような笑顔で答える。

「大丈夫！　泊まっているとこ、近くだから」

そう言いながら指差した方向へ頭を擡《もた》げて視線を向ければ、確かに人の家のような屋根が木々の陰に僅《わず》かに見えている。

墜落する間際、孤立した小さな集落が目に入ったのを思い出した。

「そうか。親はそこか」

言われて何かを思い出したらしい。はっとして急に心許《こころもと》ないような表情になった。

「お留守番してなきゃいけないんだった……」

親の言いつけを破って一人で外に出たのだろう。目の前の事に夢中になると周りが見えなくなる人の子の性格を把握し、呆《あき》れた溜息《ためいき》を吐く。

「ならば尚更《なおさら》早く戻るがいい。私には人の子が病に倒れても治せぬ」

「うん！　あなたも元気でね！」

娘は手を振って歩き出す。その小さな背中が木々の間から見えなくなるまで見守ると、自分の体を休めるために横たえた。

深呼吸をする。一人になれば体の痛みが一層酷くなったように感じた。

雷獣の生死は不明である。再び戦う事になった時を考え、少しでも体力を回復させねばならない。

ああしかし、人の子は何と拙く、無垢《むく》である事だろう。

次第に意識が薄らいでいく中、ぼんやりと考えた。

地上にいる者など弱くて目を向ける価値もないと思っていたが、空とは違う道理の中で生きているようだった。それは違いではあるが、決して劣っている訳ではないのかもしれない。

神や妖怪《ようかい》の中には、人を愛《め》でて共に暮らす者もいる。同じ時を生きられる訳ではないというのに、無意味な事をするものだと思っていたが……。

ほんの少しだけ、その気持ちが理解できたような気がした。

渡されたぬいぐるみを大事に爪の生えた手の下に引き寄せる。

……体が治ったら、礼でもしに行くか。

そんな事を思いつつ、私は束《つか》の間の眠りについたのだった。

◆

人の気配が近づいて来たのを察知し、重い瞼《まぶた》をゆっくりと開いていく。目覚めの感覚から、それほど時間は経っていないように感じた。

まだ降り止まない雨の中、一人の人間の男が私の目の前に立っている。

あの娘の親か。

すぐに分かるほど気配がよく似ている。妖怪を見る事ができる目も、親由来のものなのだろう。

けれどあの子とは違って親しみなど感じないのは、僅かでも動けばすぐさま逃げ出せるように、警戒心に満ちた視線をこちらに向けてきているからだ。

男は自分の弱さをよく知っているらしい。目を見開き、足をにじり寄せてくる動きからその心情が伝わってくる。

恐怖を抱きながらも逃げないのは、人が他の動物と違うところである。何か余程言いたい事でもあるに違いない。

「何用か？」

娘の親だと思うと、そう無下に扱う気も起きない。話ぐらいは聞いてやろうと、億劫《おっくう》な感情を押し殺し、視線を向けた。

力の差をよく理解している男は臆病《おくびょう》で丁寧な一礼をした後、ゆっくりと口を開いた。

「私は長雨で困っているこの村より依頼を受けた者です。貴方《あなた》様のお力故の事かとお察しいたします。何卒《なにとぞ》、鎮めていただきたくお願いに参りました」

確かにこの長雨は雷獣との戦いで放出された自分の力の影響によるものだ。しかしこの程度の雨で困るなど、なんて弱い生き物だろう。

地上など全く顧みずに生きてきたので、嘆願されて初めて被害を受けている者の存在を知った。

その弱々しさに呆《あき》れながらも答えてやる。

「……雷獣との戦い。それが終わるまで止めるつもりはあらぬ」

この雨で雷獣の嗅覚《きゅうかく》を鈍くさせている。いざ戦いになれば、雨を操り武器にもする。人間に祈られたところで、止めるつもりはなかった。

けれど原因を聞いた男は光明を見つけたような、ほっとした表情で少し明るく言った。

「雷獣ならば、山一つ越えた先で獣の形に焼けた地面の跡を見つけました。もう、亡くなっているでしょう」

まさか雨を止めて欲しいが為に、すぐに分かる嘘を言いはしないだろう。けれど簡単に頷《うなず》くのも浅慮だと思え、念を入れて脅すような声で言った。

「そうか。……場所を教えよ。後で見ねばならぬ」

男は笑顔で口を開こうとした。しかしその顔が奇妙に硬直する。その視線は、私の爪の下に向けられていた。

「そ、の……ぬいぐるみは」

見る見るうちに顔が青ざめていく。娘のぬいぐるみがある事に、最悪の状況を想像したのだろう。

人を食うような悪食《あくじき》に見られた事が腹立たしく、少し苛立《いらだ》って答えた。

「私の怪我を心配した人の娘が置いた物だ。……今は家にいる事だろう」

それで安心するかと思ったのだが、不思議と男の顔は晴れないままである。

「娘が？　自分で？　そんな馬鹿な！」

動揺し、先程までの私への恐怖など忘れたかのように叫ぶ。目を見開き、唇を戦慄《わなな》かせ、酷《ひど》く取り乱している。嫌な予感がした。

「それがなければ、娘は襲われるのに！」

「襲われる？」

自分の生死さえ感情を揺さぶる事はないというのに、何故これほど心が騒ぐのだろう。

あの娘に一体何の危険があるのか分からず男に聞くが、男はもう質問には答えなかった。

こちらに背を向け、必死に山を駆けていく。

どうしてか放っておく事ができなかった。

手足と同じように、自分の感情を完全に支配できていると思っていた。しかし、ならば今の理由のない焦燥感は何だというのだ。

最初は見捨てようとさえした命である。短時間言葉を交わしただけで、ここまで動揺しなければならない理由はなんだ。私はそれほど情け深くはないはずだ。

数秒ほど自分らしくない感情に反発し行くべきか悩んだが、結局は思い返した娘の脆《ぜい》弱《じゃく》さにいてもたってもいられなくなってしまった。

痛みを押し殺し、僅かに回復した力で木よりも少し上程度の飛行をする。集中して探れば、娘の居所は男が向かっていく建物より少し逸《そ》れた場所にいるようだった。

走っている男の頭上から叫ぶ。

「建物にはおらぬ。ついてこい！」

男は驚いた表情を私に向けたが、すぐに気持ちを切り替えて後を追ってきた。

私の目は、やがて山の中で数匹の低級妖怪に囲まれた娘の姿を捉《とら》えた。

生きてはいる。

しかしその姿は青あざを幾つも作り、ぐったりと弱り果てていた。

何の抵抗もできないような幼子を、二足歩行の蛙のような姿をした低級妖怪達は容赦なく蹴《け》りつけている。

血が沸騰する。もはやその理由など、どうでもよかった。

怒りが全身に漲《みなぎ》り、怪我など忘れて、咆哮《ほうこう》を天の果てまで轟《とどろ》かせた。

地すべりのような轟音《ごうおん》が周囲一帯に響き渡り、森の獣達が一斉に逃げ出していく。

低級妖怪達も何事かと空を見上げ、私を見つけた。娘を掴《つか》んでいた手を離し、獣達と同じように逃げ出そうとする。

それを許すほど甘くはない。空から一気に地面へと体を滑らせ、一匹を嚙《か》みちぎり、一匹を手で押しつぶす。残る二匹は尾ではたき飛ばした。

たったそれだけで、低級妖怪達は霧散する。余りの弱さに、怒りがまだ冷めやらない。千々に引きちぎり、行いを後悔させてやりたかったのに。余りにも弱すぎて跡形もなくなってしまった。

けれど男が娘に駆け寄ってその体を抱きしめたのを見て、氷に頭を突っ込んだように急速に冷静さが戻ってきた。

「柚葉《ゆずは》、柚葉！」

男が娘の哀れさに、涙を流しながらその痛々しい頬に手を添える。その怪我を全て自分に引き受けたいと願うようだった。

「どうして、こんな事に……！」

男の言葉に責められたような気がした。知らなかったとはいえ、こうなった原因は私にある。

いっそ言葉など交わさなければよかった。そうすれば、胸はこれほど痛まなかっただろう。

雨を止ませ、少しでも娘の体温が下がらぬように配慮する。

何かやってやれる事はないかと思ったが、怪我を治癒させる能力など自分にはなく、酷く無力な存在になった気がした。

男は幾度も娘の名前を呼び、目を覚まさせようとする。やがて、それに応《こた》えるようにゆっくりと娘の目が開いた。

「お、父さん……？」

「柚葉！」

男が目覚めた娘の体を強く抱きしめる。意識がはっきりしてきた娘は戸惑っていたが、心配させた状況を理解して眉《まゆ》を下げた。

「ごめんなさい」

抱きしめていた体を離し、今度は怒りの表情を娘へと向ける。

「どうしてぬいぐるみを手放したんだ！」

「……だって、痛そうだったんだもん」

怒られて首を竦《すく》めながら、小声で娘は言った。そんな娘の気持ちを、それ以上男は責められなくなってしまった。そしてただ深い溜息を吐き、娘を抱いて立ち上がる。

視点が変わった事で、傍にいて二人の様子を見ていた私の存在に娘が気付いた。

そして何故だか、嬉《うれ》しそうな顔をした。

ああ、私が体を動かせているのを見て安心したのだろう。

理解すると同時に、何とも言えない衝動が体に沸き起こる。

それほどに痛めつけられたのに、後悔していないというのか。それを覚悟して、私にぬいぐるみを渡したというのか。

愚かとしか思えなかった。他人の為に身を削っても、何の利益もない。けれどそんな事は理屈ではないのかもしれないと、少し気付き始めていた。

男が建物の方へと娘を抱き上げたまま歩き出す。そのまま離れるのが何故だかできず、二人の姿を少し上空を飛びながら追っていく。

しばらく歩くうちに、娘は眠ってしまったようだった。その顔を愛《いと》おしそうに男は見ている。

「貴方様に、お願いがあります」

「……申してみよ」

娘が聞いていない事を確認し、男は空にいる私を見上げて言った。

「私の業を負ってしまった哀れな娘です。けれど、情け深い優しい娘なのです。どうか、彼女の優しさを少しでも恩に感じてくださるのならば……守ってくださいませんか！」

厚かましい願いだ。自分のような力の強い者に、言う言葉ではない。

しかし、娘の怪我だらけの嬉しそうな顔が目に焼き付いてしまっていた。初めて他者に対してどうにかしてやりたいと強く思った。

自分はあのぬいぐるみを受けとった時に、大きすぎる何かも共に受け取ってしまったのだ。

これは恩なのだろうか。

男は必死の形相で私を凝視し続けている。怒りを買えば、死につながる事を理解しているのだ。

すぐには答えなかった。けれどいくら待っても男の表情は少しも揺るぐ事はなく、また私の心も同じように変化はしなかった。

自分でも理解できないこの感情を、恩だと呼ぶ事にした。

口角を上げて笑う。力ある者が口に出せば、言霊が生まれるのを知っていながら宣言した。

「いいだろう。その恩、返すに値する」

もう後戻りはできない。しばらく私は娘を守る為に、蔑《さげす》んでいた地上に留《とど》まらなければならない。けれどこれ以上にない良い気分だった。

私の言葉を聞いた男の顔から緩々《ゆるゆる》と険しさが解け、目に希望の光が宿っていく。

「ありがとう……ございます……」

嗚咽《おえつ》交じりの感謝に、言葉以上に込められた心を知った。

人の命など刹那《せつな》に消えていくものだ。その程度の時間ならば費やしてやってもいいだろうと、言い訳するように自分に言い聞かせる。

この日から、私は地上の世界を垣間《かいま》見る事になった。

◆

最初は興味深そうに見ているだけだった龍《りゅう》が、次第に娘と共に喜び、怒り、悲しむようになるのを、柚葉は見ていた。

記憶は飛び飛びに場面を切り替えながら、進んでいく。

重ねる時の中で、空を恋しく見上げていた目は人の世の混沌《こんとん》へと向けられるようになった。

人の社会を学び、精巧な社会構成に感心したかと思えば、溢《あふ》れる悪意に辟易《へきえき》したりもした。

そんな中で幼い私が理不尽な出来事に巻き込まれないように、案じるその献身ぶりは雛《ひな》を守る親鳥のようにも見える。

妖怪《ようかい》なんて、訳の分からないものでしかなかった。

自分の欲望ばかりを追求する骨女《ほねおんな》の姿に、分かり合えない存在だとしか思えなかった。

最初は確かに隔たりを感じる程遠かった龍の心が、次第に人間に近づいていく。

川底の石が次第に丸みを帯びていくように。

人の心と。龍の心と。今はもはや、違いなんて分からない。

無知からくる恐怖心など何処かに消えてしまって、残ったのはひたすらの愛おしさ。

お守りを父から渡されて周君の姿が見えなくなっても。変わらず周君は傍に居続けていてくれた。

人と馴染《なじ》めないと愚痴をこぼせば、言葉を返す筈《はず》もないのに優しく慰めの言葉をかけてくれていた。

受験勉強で追い込まれ、母に心無い言葉を言ってしまった時は、祖父のように窘《たしな》めてくれていた。

私はなんて、勿体《もったい》ない事をしていたのだろう。

守る為に父が隠したこの目で見られなかったものの貴重さを知る。

もう一人の家族に近い存在を、知らずに過ごしてきたのだ。

そして場面は母を失ったあの日に辿《たど》り着いた。

病院から帰宅し、張り詰めていた気が抜けた私は、リビングのソファーに体を預けてぼんやりとしている。

室内で体を縮めた龍が、心配そうに傍に寄り添っていた。

窓の外は日差しも明るく、桜の花が盛りを過ぎて咲いていた。けれどそれが美しく散る様さえこの時ばかりは目にも入らない。

そして私は無言で俯《うつむ》くと、唇を噛みながら溢れるままに涙を流した。

私にとってこの部屋には自分以外誰も居ないのだ。悲しさを共有する相手が居なければ、喚《わめ》きもせず感情に呑《の》まれるだけである。

それをじっと食い入るように見ていた周君は、初めて人の形へと変化した。

変化したその姿はぼやけた光の塊のようなできの悪いものだったが、辛うじて五本指に作られた手を濡《ぬ》れた私の頬に触れさせようとする。

けれどその手はすり抜けるように、私の体を突き抜けてしまった。

見えない人間には触れられないのだ。その光る手をじっと見つめて、言った。

「……ああ、慰める事さえできぬのか」

その打ちひしがれた声に、胸が詰まる。

諦《あきら》めきれず、何度も手を伸ばす。そして何も変わらないのを見て、龍の姿に戻ると私を中心にとぐろを巻いた。

記憶を見て、彼の感情と繋《つな》がる。私もどうしようもなく、周君に触れたいと思った。

人の周君に恋をしていた。今、龍の周君の姿に改めて恋をする。

そして周君の瞳《ひとみ》にも恋が映っていたと、どうか自惚《うぬぼ》れさせて。

「周君」

記憶の中、届かないと知りながら心で叫ぶ。

この人と心で触れ合えるのならば、危険と隣り合わせの日常だって構わない。

人と妖怪の、大きすぎる違いさえ乗り越えたい。

何か一つ、生まれながらにやり遂げる事が割り当てられたとしたならば、きっと私はこの恋なのだろう。

だから、お願い。

私を、周君の隣に帰らせて。

視界が歪《ゆが》む。渦のように全てが呑み込まれていく。そして私は、記憶の海から脱した。

◆

腕の中の柚葉は脱力して私に身を預けている。それが信頼の証《あかし》のようで、逃げられてから騒々しかった自分の胸がようやく落ち着きを見せた。

嘗《かつ》ての幼子は今まで生きてきた年月からすると、余りにも短い期間であっという間に成長していく。

手足はすらりと伸び、無防備だった言葉はよく考えて発するようになった。よく親を手伝い、親を亡くした時も気丈に振舞えるほど強くなった。

そうやって変わっていくものもあれば、笑う時の無垢《むく》さはいつまでも変わらない。

日々喜怒哀楽を表現する娘を見守っているようで、目を奪われていたのに気づいたのはいつだろうか。

他の人間など見分けさえつかない時があるのに、雑踏の中にいてもこの娘だけはすぐに見つけられる。

美しく育ったのを、父のように誇らしく感じていた。時折胸に強烈な寂しさがこみ上げるのは、いつしか誰かの手を取って全てをその人間に誓う日が来るからだ。

時の長さは変わらないというのに、地上の十年は空の百年よりも濃密である。私は随分と人間に詳しくなってしまった。

記憶の海に揺蕩《たゆた》う彼女の頬を、手でそっと撫《な》でる。その温かさが生きている事の証であり、共に同じ空間にいられる幸福の象徴でもあった。

守る為にはこちらの世界から隔絶されていた方が都合がよい。そんな事は分かっている。人は人の中で生きた方が良い。柚葉の親がどれだけ世の中から拒絶されてきたかを見れば、そんな苦労などさせられない。

今の邂逅《かいこう》はあくまでも一時しのぎの為であり、私は再び柚葉と視線を交わす事はできなくなる。

それで良い。言葉も通じず、目も合わせられず、体温も分からない。ずっとそうやって見守ってきたのだから。

しかしせめて。せめてこれだけは。

「『僕』を、怖がらないでください」

その為に人間を真似て、威圧的に感じないよう口調まで変えたのだ。

余りにも近くで見過ぎてしまったから、こんなにも胸が苦しくなる。

言葉にしきれない感情を持て余しながら、目に焼き付けるように娘の顔を見つめ続けた。

恩返しという言葉が何故だか自分を束縛する。

この娘の幸福を願うだけの、善きものであらねばならない。たったそれだけの事の筈《はず》なのにどうしてこんなにも難しい。

私の過去を知ってしまえば、柚葉は心を痛める事など分かり切っている。

しかし苦しんでさえ、私を知って欲しいと願ってしまった。

いや。いっそ苦しんで忘れられなくなってしまえとさえ、願っている。

暗い思考に堕《お》ちようとした時、腕の中の柚葉が少し震えて身動きした。

「柚葉さん？」

呼びかけに応《こた》えるように、瞼《まぶた》がゆっくりと開いていく。

どういった反応をするのか固唾《かたず》をのんで見守っていると、ぼうっとした様子で私の顔を見つめた。

そして腕を伸ばし、私の頬を撫でた。つい先ほど私が彼女にそうしたように。

少なくとも、拒絶されるという最悪の結果だけは免れたようだ。安堵《あんど》して撫で続けている柚葉に言葉をかける。

「どうしました？」

きっとこの行動に意味があるのだろうと尋ねてみれば、意識がはっきりしたのか視線が合わさった。

「……貴方《あなた》の心が、まだ残ってる」

「僕の？」

「ずっと触れたがっていた」

他者から言われて、初めて自分の望みの深さを知った。守護している人の娘の柔肌《やわはだ》を知りたいと願った、この心はどこからくる。

空にいた時は知識の不足など感じた事はなかったというのに、地に落ちてからは自分の心さえ把握しきれない。

ただ、共に過ごす今の時間が何よりも貴重であるのだけは、はっきりと感じ取っていた。

「心のどこかで、いつも何かに守られているような気がしてた。周君だったのね」

やがて彼女は、花のように微笑んだ。

「見守ってくれて、ありがとう」

幼い時から変わらないその笑顔が、確かに私に向けられる。

それだけで、全ての事が報われた。

日々の事故が彼女の命を奪おうとした時も、暴漢が付け狙っていた時も。私の事を知りもしない柚葉の為に力を割いた。

空が遠く感じるほど地に馴染《なじ》み、人の姿で現れてからは細心の注意を払って怖がらないように努めてきた。龍の傲慢《ごうまん》さなど、忘れたかのように。

「私、一人じゃなかったんだ」

今、親愛の目を向けてくれる事が、空を飛ぶ事にも勝る喜びだった。

それだけで、私はいい。

「ねぇ」

何か言いかけた彼女の言葉を、遮るように言葉を被《かぶ》せた。

「僕は、もう怖くないですか？」

少し困惑しつつも、柚葉は頷《うなず》く。悲しませると知っていて、告げなければいけない言葉があった。

「最後に僕の事を知ってくれた。それで充分です。……もう、行きましょう」

向き合う目がみるみる見開いていく。絶望の表情に罪悪感と、それほどに心を寄せてくれたという仄暗《ほのぐら》い喜びを感じた。

「……嫌、だって、周君」

柚葉は私の腕から逃れ、立ち上がって私に向き合う。その手は微《かす》かに震えていた。

「周君が見えなくなるぐらいなら、妖怪《ようかい》に襲われてもいい！」

子供のような主張の仕方に、どれほど感情的になっているのかが分かる。

けれどそんな事を口に出しては駄目だ。私が、揺らいでしまうだろう。

だから逆に、勉《つと》めて冷静に彼女を諭した。

「見えない方が、人の幸せです。行きましょう」

「何でそう言い切るの？」

「見える者の苦労を、一番知っているのは貴女《あなた》でしょう」

父親に対して自分さえも複雑な感情を抱いていた彼女に、こんな言葉を投げかけるのは卑怯《ひきょう》だと知っていながら言った。

また、泣きそうな顔になる。今度は私がその顔にしてしまったのだ。けれど目を潤ませながらも強い意志で柚葉は私を見た。

「私、貴方の事が好き」

この人の子を、頭から食らってしまえばどんなに幸福になる事だろう。

誰のものにもならず、全てを私のものにできる。

「好きよ」

鈴が鳴るような声が、心をくすぐる。

私は恍惚《こうこつ》に浸りながら耳を傾けた。そして、口を開く。

「これは、恩返し。だから僕は、柚葉さんが僕を見えなくなっても、平気なんですよ」

微笑みながら、痛む心を殺して言った。けれど柚葉は益々《ますます》泣くかと思えば、逆に目つきを険しく反論する。

「嘘。周君は、優しくされて、ただ嬉《うれ》しかっただけでしょう？」

そうかもしれない。あの時の私は、自分の感情に気付く事さえできなかったが。

「……ねえ、今は？　今はどういう気持ちで私の目の前にいるの？」

言葉に詰まってしまった。この感情には、名前を付けない方がいい事を知っている。

私は口の端だけを上げてどうにか笑いながら言う。

「さようならです。共に紫竹《しちく》さんの許《もと》まで行かないというのなら、此処《ここ》で別れましょう。道案内を誰かに頼みます」

「やめて、お願い。行かないで」

腕を縋《すが》るように掴《つか》まれる。けれどその手を振りほどいて、彼女から遠ざかった。青ざめて追ってくるのも可愛らしく思う。

「全部、只《ただ》の恩返しだって言うの？　ここまでしてくれたのも、全部？」

「僕の事が見えなくなってから、また来ます」

「そんなの」

寂しさに耐えられる筈《はず》がない。声にならない感情が伝わってくる。溶けそうなその目に映る感情に、熱くて焼かれそうだ。

それでもいつか、乗り越えてくれる日が来るだろう。同じ人間の恋人の隣で、柚葉が笑う未来の為ならどんな欲望も抑えてみせる。

「柚葉さんが、幸せになりますように」

それだけは、自分の偽りのない本心だ。

「周君！」

心を砕いて見守り続けた娘。もう、言葉を交わすのはこれで最後。

別れ際、裏のない笑顔を向ける。

そして山の中を、彼女が追えない速度で駆けだした。

第五章

誰も居なくなってしまった山中で、へたり込んでしまう。

風の騒《ざわ》めきが孤独を際立たせ、先程まで感じていた心の温かさなど消えてしまった。

「周君《あまね》」

一人呟《つぶや》くが、応える声は何処からも聞こえてこない。

最初からこのつもりだったのだ。どれだけ私が縋っても、取りつく島もなく逃げてしまうなんて。なんて酷《ひど》い人だろう。

怒りと寂しさが入り混じる。きしむ胸を耐えるように、項垂《うなだ》れて拳《こぶし》を握りしめた。

記憶の中、どれだけ温かく彼が見守ってくれていたかをまざまざと知ってしまった。

正体が龍《りゅう》であろうが、人であろうが、もはや私にとって違いはない。

彼は人と同じような心を持ち、誰よりも優しく傍にいてくれた。知ってしまえば、この恋心は抜け出しようもなく深まるだけである。

周君が傍に居続けてくれるならば、生涯の苦労など喜んで引き受けよう。

そう思っているのに、当の龍は告白さえ受け入れてくれず消えてしまった。

あの優しさが、温《ぬく》もりが、本当に恩や情だけからくるものなのだろうか。恋情を感じたこの感覚は、錯覚だったのだろうか。

ぐっと唇を噛《か》み締める。

だとしたら、とんだ失敗をしてしまった。告白せず黙って見える目を持ち続けていれば、応えてくれる日もあったかもしれないのに。

いいや。応えてくれなくてもいい。

人と妖怪が遠すぎる存在だとしたならば、傍にいてくれるだけでいい。

龍が恋心なんて抱かない存在かもしれないなんて、今更思いついてしまった。

私は人の身で臨むには大それた願いを抱いてしまったのかもしれない。

後悔が更なる後悔を呼び、その場から一歩も動けない。溢《あふ》れる涙が地面に落ちていく。

このまま地面と同化するほどに待っていれば、見かねて戻って来てはくれないだろうか。

誰の視線もないと思って、心のままに地面に身を投げ出して体を丸める。

動かずにじっとして、後悔を反復した。自分の現状が遭難しているようなものであるとか、このまま駅にも紫竹《しちく》さんのところにも行かなければ夜になってしまうだとか、そんな重要な事さえどうでもよくなっていた。

一生に一度の恋があるとすれば、今、正に胸に宿っている感情に違いない。

病のように自分をかき乱し、治す手立てなんて存在しない。嵐のように荒れる感情は、ただただ涙を押し出すばかりだった。

「……おい」

急に野太い声が聞こえ、あられもない自分の姿を自覚して、羞恥《しゅうち》に顔を赤らめながらあわてて体を起こした。

そして目の前に巨大な猪が理知的な目を向けて覗《のぞ》き込んでいた事を知り、今度は顔を青くする。

百年生きていると言われても信じてしまいそうな、大岩のような猪だった。鬣《たてがみ》には年月によってか、苔《こけ》やキノコのようなものが張り付いている。

私なんて丸のみにできそうな牙《きば》の生えた口で、猪は器用にも人の言葉を話していた。

「お前が客人だな？」

「客人？」

「篤子《あつこ》の客人だろう。龍の守護を受けている人の娘」

どうやら確かに私の事を話しているようだ。ならば、篤子とは紫竹さんの事だろう。

「はい。……そうです」

「迎えに来た。家まで送ろう」

この猪が、周君の言っていた案内人なのだろう。猪はそう言うと、のっそりとした動きで方向を変えた。

斜面の上に向かって歩き出そうとする姿に、ついていく事ができない。向かう先は永遠の別離を齎《もたら》す場所である。

私がついていける程度の遅さで歩いてくれる猪の背に向かって、話しかけた。

「あの……でも、迷っていて」

「迷う？」

猪が振り返る。凶暴さはなく、むしろ石宮《いしみや》さんのような年を経た一部の人だけが持てる、賢くて優しい目をしていた。

だからつい、会ったばかりの猪に頭を巡っている悩みを打ち明けてしまう。

「この目を、なくしてしまっていいものか」

「ふむ。それは、泣いていたのと関係がありそうだな」

印象通りに真摯《しんし》に考えてくれたようだ。そして山の上を鼻で示す。

「ならばなおの事、篤子に会えばいい。同じ見える目を持つ人として、何か相談にものってくれよう。……多分な」

最後の言葉がトーンダウンしたので、不穏な気配に首を傾げた。

「多分?」

「篤子は、少々気難しいのだ。気分を害するかもしれないが、根は情け深い。許してやってくれ」

少し不安な情報だ。それでも、確かに今の状況は誰かに話を聞いてもらいたい。見える目を持つ相談できる人は貴重だった。

「分かりました。案内をお願いします」

「ああ」

頭を下げると、猪はゆっくりと歩き出す。その優しい足取りについていくと、険しいはずの山道がとても歩きやすかった。

この猪もただの妖怪《ようかい》ではなさそうだ。山の主なのかもしれない。猪の傍にいると動物から敵視されなくなるのか、狐や狸が姿を現しては猪を見上げ、また去っていく。

まるで、挨拶《あいさつ》でもしているかのようだった。

きっと自分は、普通の人間では経験できない貴重な体験をさせてもらっている。その幸運を手放したくないと、思うようになった。

けれど周君がいなければ、どちらに転んでも大差ないようにも感じる。

暗い溜息《ためいき》を落とし、空を見上げる。木々の合間から見える空には雲が浮かぶばかりで、龍の姿は見えなかった。

しばらく黙々と歩いていると、誰も住んでいなそうな鬱蒼《うっそう》とした場所に、忽然《こつぜん》と木造の平屋が現れた。

昭和の頃に建てられたのだろうか。壁の色は灰色に劣化して、人が住んでいなければ数年で崩れ去ってしまいそうな家である。

その家の引き戸の玄関の前で、一人のおばあさんが立っていた。年齢相応に小柄であったが、しゃんと背筋を伸ばしている様子は決して弱々しくはない。この厳しい環境に適応した強健さが窺《うかが》えた。

この方が紫竹篤子さんなのだろう。確かに眉《まゆ》は吊《つ》り上がって、気の強そうな顔をしている。

緊張しながら近寄ると、紫竹さんは開口一番にこう言った。

「遅い‼」

もしかして私をずっと待っていたのだろうか。でもどうやって私が此処に来ているのを知ったのだろう。怒っているようなので取り敢《あ》えず頭を下げる。

「すみません」

「駅からすぐ来るかと思えば。あーっち行ったり、こーっち行ったり。日が暮れるかと思ったよ。あたしだって忙しいんだからね」

「分かるんですか？」

驚いて聞いてしまうと面倒な顔を隠さず、それでも答えてくれた。

「分かるさ。あたしはこの山の子だからね」

それの意味は理解できなかったが、見える目があるぐらいなのだから、山の中の状況が分かる能力があってもおかしくないかと思った。

とにかく、とっつきやすい人ではないのは確かなようだ。相談に果たして乗ってくれるのだろうか。

初めて会うタイプの人にどぎまぎしてしまっていると、案内してくれた猪は助け船を出してくれる事もなく、マイペースに言った。

「後は任せた」

「え、あ、ありがとうございました」

悠々と去っていく後ろ姿に感謝の言葉を贈ると、尻尾《しっぽ》を振って返事をしてくれた。もう少しいてくれてもいいのにと思う。

どうしてだろう。人間の方が妖怪と共にいるよりも居心地が悪い。

紫竹さんはきつい目つきのまま、引き戸を開けて建物の中に入っていく。どうしたらいいのか迷っていると、すかさず厳しい声が向けられた。

「何してるんだい。早く入りな」

家に入れてくれようとしていたのかとようやく理解する。閉め出されたのかと思った。

「失礼します」

中には竈《かまど》や鍋《なべ》や、蓑《みの》などの生活用品が沢山あった。都会の生活では見慣れない物も多いが、この隔絶された環境ではむしろこちらの方が便利なのだろう。

思わず興味深く見てしまっていると、紫竹さんが聞いてきた。

「何が珍しいんだい」

「……父の家はお札とか、鏡とか、そういったものが沢山あったので」

そう。この家の中には父の家にあったような妖怪対策の道具はまるで見当たらなかった。

紫竹さんの正面に向かい合わせで正座しつつ周囲を確認するが、全く見つからない。

「あんたの父親は拝み屋かい」

「はい」

「この山には山神がいるからね。神社の境内と同じようなもんさ」

「もしかして、さっきの猪さんですか」

「ああ」

納得のできる威厳だった。あの猪が守ってくれるなら安心だろう。もしかして、だからこの山奥に住んでいるのだろうか。

「そこで座って待ってな」

言われたとおりに畳の上に正座して待っていると、竈に置かれているやかんの湯でお茶を淹《い》れ、私にも湯飲みを渡してくれた。

言葉はきついが、迎え入れてくれているようだ。けれども親しみを持ち辛《づら》い険しい目つきで、私と向かい合わせになるように座りながら言った。

「さて、用件は見鬼《けんき》の才を消す事でいいんだね？」

「見鬼？」

「妖怪が見える目って事さ」

体温が一気に下がったような気がした。言葉に改めてされると、失ってしまうものの大きさに気付かされる。

「……実は此処《ここ》まで来てしまったんですが、相談したくて」

「相談って、何を」

出されたお茶を飲んで、心を落ち着ける。そして紫竹さんに向き合った。

「大事な人が……いえ、妖怪がいるんです。でも、その妖怪は私に見鬼の才をなくした方がいいと言って、姿を消してしまいました。……だから」

そこまで言って、感情が高ぶってしまい続けられなくなる。

あれで、最後なんて嫌なのに。

周君本人が私が見えなくなった方が良いなんて言って消えてしまって。本当はそれを口実に私の告白から逃れたくなってしまったのかとか、そんな風な考えまで出てしまって。

ああ、結局何を相談したかったんだっけ。

うまく言えない私を、真顔で紫竹さんは待ち続ける。それがどういう感情なのか分からなかったが、ゆっくりとどうにか言葉にした。

「どうしたらいいのか、分からなくなってしまって」

こんな拙い言葉では、何も伝わらないだろう。それでも紫竹さんは混乱で身動きができなくなってしまった私にきっぱりと答えを言い放った。

「とっとと見鬼の才なんてなくしちまいな。人間は自分とは違う者を認めない。その方が楽に暮らせる」

それは間違いない正解を言うかのような、確信に満ちた口調だった。同じ境遇の人が、正しい道を教えてくれたのだから、私はそれを喜んで聞くべきだ。

なのにどうして、こんなにも苦しくて受け入れがたい心境になるのだろう。

拳《こぶし》を握りしめ、荒れた畳の目に視線を落とす。そんな大人しく助言を聞く事のできない私に、更に紫竹さんは言葉を続けた。

「あたしがこんな風に生まれちまったばかりに、村人達がどんな仕打ちをしてきたか言ってやろうか。道を歩けば逃げられる。家にいても石を投げ込まれる。碌《ろく》に物も売ってくれやしなかった。母さんが山での生き方を知らなければ、とっくに死んでたさ」

怒りの感情の籠《こも》ったその声に、何も言えなくなる。

この人の心の傷を、まざまざと見せつけられてしまった。私は紫竹さんが引き受けてきた不幸を、父のお陰で免れてきただけだ。このまま何もせずに社会に戻れば、同じ目に遭うのだろうか。

「今も昔も、人の本質がそう変わったとは思わないねぇ」

私は何も言えなくなってしまった。

大きすぎる人生の岐路に立たされて、行くべき道の助言に打ちひしがれていた。

それを選択してしまえば、本当にもう周君と会えなくなる。彼の残した声も、形も、まだ思い出にするには時間が短すぎるのに。

私の様子など構わず、紫竹さんはきはきと明るいぐらいの声で言った。

「さて、じゃあ早速始めるかね」

「え」

まだ覚悟ができていない。

思わず眉を下げた情けない表情で紫竹さんの顔を見ると、普通の口調に戻って言った。

「……と言いたいところだが、今日は日が悪い。明後日《あさって》じゃないと無理だね」

今のはただの冗談だったようだ。かなり意地悪な性質《たち》であるような気がするが、咎《とが》められるような立場ではない。それに正直、結論を出す期限が延びてほっとした。

「それまでよく考えるんだね。家にはおいてやるさ」

「……ありがとうございます」

その短い期間の内にどうにか結論をださなければ。

暗い気持ちで、私は紫竹さんに頭を下げた。

◆

翌日、私は家の横にある家庭菜園の草むしりを命じられ、しゃがんで小さな雑草を引き抜いていた。

畝がいくつか並んでおり、様々な種類の野菜は紫竹さんが一人で暮らしていく分の量としては十分にありそうだった。

黙々と作業をしているが、頭は明日《あした》に迫った選択の事で埋め尽くされている。

周君も、紫竹さんも、能力なんてない方が良いと言う。確かに実際命は危険にさらされたし、人の世で生活するのに支障が出るだろうという意見も尤《もっと》もだ。

けれど、あの優しい手を思い出す。壊れ物に触れるようにそっと頭を撫《な》でていった、大きな手を。

周君の記憶の中では、手の甲を私に触れさせている場面が幾度も出てきた。爪のある手で傷つけないように、只《ただ》そっと頭に添えるだけ。

過去の私はまるでその存在に気付かないのに、それでも彼は嬉《うれ》しそうに優しく目を細めていた。

あんなに温かい目を向けているのに。本当にただの恩としか、思っていないの？

信じたくない気持ちが、私に錯覚させているのだろうか。

もしも私に一かけらでも恋してくれていたならば、どんな事にも立ち向かえるのに。

切ない気持ちが私の胸を揺り動かす。いつしか草をむしっていた手は止まり、こみ上げてきた涙を堪《こら》える事しかできなくなっていた。

そんな私の頭に、小さな衝撃があった。

顔を上げて周囲を見回すと、どんぐりが近くに落ちている。これが頭に当たったようだ。

木の上から落ちてきたのかと見上げるが、周辺にはどんぐりなど一個も落ちていない。

きょろきょろと探し続けると、後ろからまた小さな衝撃を感じた。

「ニンゲンめ！」

濁った声に後ろを振り向くと、そこには角の生えた醜い子供の姿があった。耳は尖《とが》り、牙《きば》が生えている容姿から察すると小鬼だろうか。

小鬼は敵意に満ちた目で、私にどんぐりを再び投げつける。けれど投げられている物が小さくて軽いどんぐりなので、全く痛くはなかった。

「篤子を虐《いじ》めに来たんだな！」

騒ぎながら私の周囲をぐるぐると回って文句を言う。それでも足元の畝を踏まずにきちんと避《よ》けているので、話せば分かってくれる性質の妖怪《ようかい》のような気がした。

手で顔を守りつつ、誤解をしている小鬼に対して声を張り上げる。

「違うわ！　紫竹さんに力を貸して貰《もら》いに来たの。私も貴方《あなた》達が見える目を持ってるから」

手を振り上げて再びどんぐりを投げようとしていたが、私の言葉を聞いてぴたりと止まる。

「虐めに来たんじゃないのか?」

「そう。昨日からお世話になってるの。だからほら、畑の手入れを手伝ってるでしょ?」

子供のように切り替えが早いのか、はっとした表情になると立っていた耳が申し訳なさそうに伏せられた。

「そうか。ごめんな、勘違いしたみたいだ。ここにニンゲンが来るのは、久しぶりだったから」

そう言いながら、上目遣いにこちらの様子をうかがってくる。やはり、顔はちょっと怖いが気のいい妖怪なのだろう。

「いいよ。仲直りしましょ。私は柚葉《ゆずは》。あなたは紫竹さんのお友達なの？」

「うん。俺は赤丸《あかまる》って言うんだ！　昔から此処に住んでる小鬼だよ」

赤丸は私に右手を差し出してきたので、その手を握り返して握手する。小鬼の手は温かく、人の手より固かった。

「お詫《わ》びに良いところに連れて行ってやるよ」

「でも、草むしりが終わってなくて……」

「じゃあ、後で手伝うから、行こうぜ！」

紫竹さんに叱られないか不安が過《よぎ》ったものの、友好的な小鬼のお誘いに興味が惹《ひ》かれる。

それに一人で此処にいて、悩み過ぎて煮詰まったので気分転換をしたかった。迷った末、そのお誘いに乗ってみる事にする。

「うん。約束よ?」

「よし。こっちに行くんだ」

強く手を引かれ、案内されるがままについていく。獣道を行き、小鬼の体格でなければ見つけられないような岩場の穴を潜《くぐ》り抜ける。

二十分ほどの冒険を経て辿《たど》り着いた先は、大きな岩の上の天然の展望台だった。視界を遮る木もなく、少し小高くなっているからかなり見晴らしがよい。晴れている事もあり、遥《はる》か遠くの山の様子までくっきりと見えた。

余りの気持ちよさに深呼吸する。清浄な空気が胸いっぱいに広がった。

悩んで落ち込んでいた気持ちが、少し浮上した。明るい声で赤丸に言う。

「気持ちいいね」

「だろ!」

小鬼は得意げな顔をして隣に胡坐《あぐら》をかいた。

「篤子にニンゲンの友達ができるなんて、随分久しぶりだ」

友達ではないと思うが、嬉しそうな赤丸の勘違いを正すのも可哀想な気がして口に出せない。

気持ち良い風に吹かれていると、後ろから大きな足音が聞こえてきた。振り返ると大きな猪が静かにこちらを見ている。

「楽しそうだな、私も交ぜてもらおうか」

そう言って、大きな体で地面に伏せる。小山が一つ、できたような存在感だった。

「山神様、上に乗っていい？」

「ああ」

赤丸は許可が出るとするすると巨体の上に乗り、その大きなお腹に仰向《あおむ》けに寝転がる。

気持ちよさそうだったが、とても一緒に寝転がる気には恐れ多くてならなかった。

しばらくすると、寝息さえ聞こえてきた。こうなっては山神も動けなくなってしまったみたいだ。

山神と二人で風にそよがれていたが、彼はふと大きな顔を向けて尋ねてきた。

「篤子には相談できたか？」

この優しい山神は心配して来てくれたのかもしれない。私は悩みを思い出し、少し暗い気持ちになりながら口を開いた。

「……この目をなくしてしまった方が良いと言われました」

「そうか。しかし、気が晴れないように見える」

「はい。……でも、私、諦《あきら》めきれなくて」

口に出す事で、自分の感情がどうしてこんな暗い気分になったのか自覚した。

私は周君の事を、ちっとも諦められていないのだ。

告白に応《こた》えてもらえなくたって。離れて行かれたって。そんな事お構いなく、まだこの心は彼に奪われたままだ。

それなのに誰からも見鬼の才を捨てた方が良いと言われ、納得できていない感情が胸を苛《さいな》んでいる。

「それは、篤子なりの激励の言葉だ」

「え？」

「他人から言われて諦める程度なら、人と妖怪の恋なんて叶《かな》う訳がない。彼女自身が妖怪の血を引いているから、よく知っているのだ」

「妖怪の血って……」

「篤子は私と人間の母親の間にできた子供だ」

数瞬、時が止まった。

何処から見ても、紫竹さんには目の前の猪の姿の片鱗《へんりん》も見えなかった。けれど山神が嘘を言っているとも思えない。

常識が変革する。余りにも遠いように感じていた妖怪との距離は、もしかして表と裏のコインのような近さなのだろうか。

この恋は手の届かない空に抱くような、そんな望みのないものではないのだろうか。

彼が父親のように私を見守るだけではなく、同じ目線で恋をしてくれる日だって来るのではないか。

そんな希望が、どうしようもない程強く胸に湧き上がってしまった。

諦めきれない。

やっぱり私は、諦めきれない。

それがどれほど危険と隣り合わせであろうとも。

彼が喜んでくれれば浮かれ、真剣な表情だって目を引かれる。その幸福に勝てるものなど存在しない。

毎日戦いに明け暮れていた龍《りゅう》は、少しずつ穏やかに人の生活を見守る様子に変わっていった。その変化が愛《いと》おしい。

龍の姿でさえも好きなのだから。どうやっても諦められるはずはなかったのだ。

頬の冷たさで、自分が泣いている事に気づく。それを今度は自分で拭《ぬぐ》って、山神に向き合った。

「ありがとうございます」

「私は何もしていないがな」

目を細める様子は、誰かを思い出しているかのようだった。山神が愛した人も、自分と同じように悩んだのかもしれない。

だからこそ、こうやって気にかけてくれているのだろう。

私の明るくなった表情を見て、獣の目を嬉しそうに細めている。もう大丈夫だと思ったらしかった。

「……そろそろ行くぞ」

山神は尾を振って寝ている赤丸を起こす。尾の先が額に当たり、赤丸は声を上げて飛び起きた。

「うわっ」

慌てて滑りながら体を降りる。赤丸を踏み潰《つぶ》さないように緩慢な動きで立ち上がると、山神は山の中へと姿を消していった。

巨体であるのに、一度視界から見えなくなるともう何処にも気配は感じられなくなってしまった。

まるで山に溶け込んでしまったかのようである。恐らく山神から会おうと思わなければ、会う事のできない存在なのだろう。

「山神様に何か言われたのか？」

伸びをしながら、呑気《のんき》に赤丸が聞いてくる。

「うん。助言してもらっちゃった」

「そっか、良かったな！　山神様、優しいんだ」

赤丸の甘えたような振る舞いを見ると、父のようにこの山の全ての存在を見守っているのが分かる。

この山にいつからいて、いつまで守り続けるのか。それは人間の私には理解できないような、時間の経過に違いないような気がした。

手をつないで二人で家に帰る。思いの外時間がかかっていた事に気が付いたのは、怖い顔をした紫竹さんが私達を待っていたからだった。

「仕事を放って、何処に行ってたんだい」

「篤子、怒らないでやってくれよ。俺が誘ったんだ」

赤丸の言葉に苦々しい顔をする。赤丸には強く出られないようだ。昔からの友達だから、私と同じように強くはでられないのだろう。

溜息《ためいき》をわざとらしくついて家の中に入ろうとするその背に向かって、声を投げかけた。

「私、この目のままでいようと思います！」

紫竹さんは顔だけで振り向くと、興味もないような雰囲気で言い捨てる。

「そうかい。勝手にしな」

本当に激励のつもりだったのか、自信がなくなってしまいそうな程の冷たい態度に少し怯《ひる》んでしまう。

子供可愛さに、山神は庇《かば》っているだけのような気さえしてきた。けれどめげずに言葉を続けてみる。

「……どうして、見鬼の才を消す方法を知っているんですか？　どうして、紫竹さんは消さなかったんですか？」

よく考えてみると、紫竹さんも見鬼の才を消す選択肢があったはずなのだ。それなのに、今も人里離れて暮らしているには何かの決断があったからなのではないか。

紫竹さんの過去を、私の選択の為にも聞いておくべきだと思った。

私の言葉に、一瞬彼女の足が止まる。そして引き戸を開けたまま家の中に入っていった。

これは多分、入れという意味だろう。

「赤丸、ちょっと紫竹さんと話してくるね」

緊張感のある空気に心配そうに赤丸が見上げてくる。

「俺は外にいるから、困った事があれば呼んでいいからな」

「うん、多分大丈夫」

「そっか、頑張れよ」

そう言って獣のように素早く山を登っていく背中を見送った。

紫竹さんに続いて家に上がり、向かい合わせの座布団の上に座る。

そして手元で山菜の処理をしながら、紫竹さんはぽつぽつと語りだしてくれた。

「前にも言ったが、子供の頃から村八分だったさ。でも、その中でも一人だけ私に優しくしてくれた男の人がいたんだよ」

いつもはきつい調子の声色が、少しだけ柔らかくなる。

「その人は代々林業に携わってきた家だったから、よく山の事を知っていた。村人のように頭が固くもなかった。私はその人の事が好きでねぇ。臆面《おくめん》もなく嫁に行くって言ってたもんさ」

温かみのある話が切なさを帯びて聞こえるのは、先にあるのが幸福な結末ではないと察してしまっているからだ。

「その内、戦争が始まった。そしたら村人達は手のひらを返したように戦争祈願をしてくれって頼んできてねぇ。私も若かったから、自分が大した力もないのに、頼まれるがままに祈禱《きとう》師の真似事なんてしたりしてね。その中に、その男の人の姿もあった」

山菜を見ている紫竹さんの目が、昔を懐かしんで細められていた。

相槌《あいづち》なんて求められてなくて、私は話に聞きいる事しかできない。

「あの人には一番、念を込めて祈ったよ。でも結局、帰ってこなかった。他の多くの村人もね。私が見鬼の才をなくす方法を知っているのは、あの人と共に暮らそうと思ったからさ。でもそうはならなかった」

それは過去の悲劇で、もう覆る事はない。しかし長い時の後でさえ、深い傷が生々しく紫竹さんに残っているようだった。

「私の、人としての人生はその時に終わったんだよ」

最後にそう言って、その話は終わってしまった。

命が終わる理《ことわり》の中に、私も組み込まれている。私が思うよりその時間は、長くはないのかもしれない。

精一杯生きるように。

そんな風に、紫竹さんに言われたと思った。

「教えてくれて……ありがとうございます」

お礼を言うが、何も言われず鼻を鳴らされただけだ。この人の直接的でない優しさが分かるようになってきた。

余り人と共に生活してこなかった人だから、不器用なだけなのだろう。

「それで、どうするんだい。アンタの思い人はどっか行ってしまったんだろう？」

そうなのだ。私が見鬼の才をそのまま持っていて周君の姿を見える状態だとしても、何処にいるのか分からなければどうしようもない。

曖昧《あいまい》に笑って先行きのなさを伝えると、呆《あき》れたような顔をされた。

「場所が分からなくても、あちこち捜してみるつもりです。私に恋をしてくれてなくても、どこかで見守ってくれそうではあったので」

少なくとも、父親のような一歩離れた立ち位置では見守ってくれているだろう。

「アンタ、馬鹿だねぇ」

呆れた紫竹さんの一言は、本当に思ったままの言葉が出てしまったようだった。地味にとても落ち込む。

自分が賢くないのは分かっているが、今の場面で何処かそう思わせる発言があっただろうか。

「今も、意味わかってないだろう」

「……はい」

　さっぱり理解していない。

　紫竹さんは家の隅を漁《あさ》り出す。堆《うずたか》く積まれた生活用品の中から、綺麗《きれい》な壺《つぼ》を取り出した。

「此処《ここ》にアンタが来る前、龍が何度も私を説得に来たんだよ。能力っていうのは、生まれ持った力だからね。そう簡単に消したりできるものじゃない。人の身でやれば、寿命が縮んでもおかしくない。こんなばあさんがやれば、それだけで死んじまうさ」

　その壺から、とても美しい透明な玉を取り出した。光を内包するような、この世ならぬ美しい玉。

　見覚えがあるその形に、私の背筋にひんやりとした汗が流れ落ちる。

「龍玉《りゅうぎょく》。確かにこれがあれば人の運命を変える事だって、できるだろうねぇ」

　龍が決して手放さないその玉がどれほど大事なものであるのか。龍の記憶を旅した私には分かっていた。

　龍の神通力の塊だ。龍玉を失えば雲も操れず、空を飛ぶこともできない。

　それを差し出され、紫竹さんから恭しくそっと受け取る。初めて生身で触れるそれは、心臓の鼓動のように明滅していた。

　それを胸に抱きこんで、嗚咽《おえつ》を漏らす。紫竹さんに馬鹿にされた意味が、もう分かった。

周君の姿が幼さの残る容姿であるのは、これが手になかったからに違いない。

私の為に力の大半を失っているのに、それでも抱く感情が恋でも愛でもないなんて、とんだ戯言《ざれごと》だ。

今の周君にとって、空はどれほど遠いのだろう。

「……本当に、馬鹿」

私も、貴方《あなた》も。

確信が私の心を揺るぎのないものへと変えていく。周君の心が同じであるならば、私はどんな事にも負ける気がしない。

それは、周君自身であっても同じ事。

恋をした女性の強さと恐ろしさを、あの龍《りゅう》は知らないのだ。

自然と微笑が浮かぶ。不安に揺らいでいた感情など、何処にも見当たらない。

行くべき道が一つ目の前に開け、後はその道を堂々と突き進むだけなのだと気づいたからだった。

「アンタの能力を消す礼として貰《もら》った物だからねぇ。消さないとなったら、受け取る訳にもいかないさ。返してやっておくれ」

「はい」

紫竹さんは私を一瞬眩《まぶ》しそうに見つめた後、手を振って追い返すような仕草をした。

「さっさと行っちまいな。全く、儲《もう》けそびれちまった。赤丸にでも案内を頼むんだね」

もう関心などないように視線を逸《そ》らされるが、紫竹さんの優しさを知ってしまったからもう心が痛む事はない。

「あの、最後に一つだけ。妖怪《ようかい》を見えなくするお守りを作ったとしたら、寿命ってどれだけ短くなるんでしょうか」

紫竹さんは片眉《かたまゆ》を少しだけ動かして、それ以上の反応は何もしなかった。ただただ、深く重い声で一言だけ私にくれた。

「……さっさと行きな」

私は無言で頭を下げる。そして立ち上がり、荷物を纏《まと》めて玄関前で一度足を止めた。

「本当に、お世話になりました」

踵《きびす》を返して、山中の道を進み始める。

赤丸を呼ぶのを少しの時間だけ控え、一人で鳥の声を聴きながら湿気の多い山道を踏みしめる。

空を見上げると枝の間から木漏れ日がさして、光の筋を作っていた。それがとても美しく、何て事はない現象なのに目を奪われる。

「お父さん」


届くはずのない声だと知りながら、それでも語りかけずにはいられなかった。

生きている間に父の思いを知りたかった。けれどそれはもう、叶《かな》わないのを知っている。

私が生きている。それが父の生きた証《あかし》でもあるのだろう。

予想が当たったと分かれば、大きな喪失感で動けなくなるのではないかと危惧《きぐ》していた。

けれど不思議と、胸には切なさと温かいものが満ちている。

一人だと思っていた時にも、周君が傍にいてくれたのを知った。

石宮さんが私を優しく気にかけてくれた。

紫竹さんが、自分の人生を語る事で励ましてくれた。

そうやって背中を押してくれる人がいる。だから俯《うつむ》かずに前を見なければ。

漫然と時を浪費するのではなく、自分の心に正直に。

いつか来る死の間際、後悔など何もないように。

それが今の私にできる唯一の親孝行だった。

第六章

都内郊外にある父の家の最寄り駅に降りた時、普段とは違う光景があった。

高い建物はなく、遠くには緑豊かな街並みも見えるような静かな住宅街だが、あちらこちらで黒煙が上がっているのである。

嫌な予感を感じながら駅の前の道路にでると、けたたましいサイレンを鳴らしながら消防車が走り抜けていった。

連続放火魔か、それとも爆弾か。

不安になってスマートフォンでニュースを確認すると、数日の間に狭い範囲で八件もの火事が起きているとの記事が目に映った。

今も新たな不審火の発生が続いていて、近隣住民に注意を呼び掛けている。

「原因は調査中……か」

妖怪とは無関係だろうか。父の家が近くて過敏に反応してしまっているだけであればいい。

スマートフォンを鞄《かばん》に入れて、やってきたバスに乗り込む。

空いていた一番後ろの席に座り、窓の外に視線を向けながらこれからの事を考えた。

父の家は、最も父の気配が残っている場所だ。

父に恨みを持つ妖怪がまだいるとすれば、周辺に集まって来ていてもおかしくはない。生きている間は父が自分の身を守る為に守護の術を張り巡らせていたとしても、今は次第に薄れていっている筈《はず》だ。

そこに行く事がどれだけ危険か、分かっている。

けれどだからこそ、周君《あまね》に会える可能性が最も高かった。彼が私を危険から遠ざけようとしてくれるのなら、まず考える事が恨みを持つ妖怪の退治だろう。

停留所に着いたバスを降りると、大きな公園の緑や住宅街が出迎えてくれた。新しい家と昔からの家が半分ぐらいずつの住みやすそうな町である。

そこを数分も歩けば、築何十年か分からない古びた平屋が建てられている。

確か取り壊そうとすると祟《たた》られるという噂の物件を、安く手に入れたと父が言っていた。

鍵《かぎ》を取り出して扉を開くと相変わらずの雑然とした部屋になっていて、前回来てから誰も手を付けていない事が分かる。

壁には札が張られ、怪しげな鏡が趣味の範疇《はんちゅう》を超えた量で飾られている。本棚には古書が並べられ、本棚に収まりきらなかったそれらが床にまで進出していた。

床の間には水晶やら壺が完全に物置の風情で置かれており、混沌《こんとん》とした趣を醸し出している。

物の多さに溜息《ためいき》を吐きながら、肩掛けの鞄を部屋の隅に置いた。

この部屋の中に周君の姿は何処にもなく、少し気落ちする。

此処に居てくれたなら一番話が早かったのだが、そう簡単にはいかないらしい。

近所でも捜索しに行こうかと考える。しかしその前に、前回父の死の報せ《しら》を聞いて来た時に、目立つ場所に置かれていたノートの存在を思い出す。

片づけなど放っておいて、本棚の一角から何処にでも売っている大学ノートを見つけ出した。

五冊ほどの量の一冊目を捲《めく》ると、父の筆跡で今まで会ったらしい妖怪の事が記されていた。

その時は全く意味も分からず気味悪く思って遠ざけてしまったのだが、今見てみればとても有益な情報ばかりが書かれていた。

いつ襲われるか分からない生活をしているのだから、恨みを持っていそうな妖怪の情報を仕入れておかなくては。

動かしていた目がふと止まる。よく知った名前が出てきたからだ。

「骨女《ほねおんな》……」

黒いペンで書かれたその文字を指で追う。そこには依頼を受けた経緯《いきさつ》と、追い払うまでの話が書かれていた。

『骨女を説得するも通じず、憑依《ひょうい》を解く事にした。数珠《じゅず》に祈念し依頼主に渡す。依頼主の体調は三日目から改善の兆候あり』

父がどうやって妖怪と向き合っていたのかが、何となく伝わってくる。飾り気のない只《ただ》の報告のような文であるが、それでも性格が表れていた。

まずは話し合いによって解決させようとしている事から察するに、退治一辺倒ではなかったのだろう。

読み進めていると『追記』の文字の後に、一文だけ付け加えられていた。

『依頼主より感謝と結婚の報告あり。甚だ嬉《うれ》し』

思わず顔を緩めてしまう。こんな追記をしておく程、嬉しかったに違いない。

父が一人で暮らす中で少しでも幸福を感じていた瞬間があったと知れて、救われたような気になった。

ページをひらりと捲ると、また知らない父の様子が浮き上がってくる。

うまくいった仕事もあれば、うまくいかなかった仕事もあったようだ。時に依頼主から詐欺師と呼ばれたりして、苦悩しながらも人を助けようとし続けていた。

私が知っていたよりも、強い信念のある人だったのが分かる。

「お父さん、ちょっと頑固者かな」

興味深く読みふけっていると、また気になる文面が目に映った。

『火災が多発するとの依頼を受ける。一月の間に十五件もの火災の報告あり。近くにて怪鳥を目撃。近隣を捜索するとヒザマの巣を発見した』

「これって……」

まるでさっき見たニュースのような状況ではないか。

見慣れない妖怪の名前を食い入るように見つめる。逸《はや》る気持ちを抑えながら、急いで先を読み進めた。

『巣を移動させようと試みるも、親鳥の攻撃により断念。卵がある以上、この地域を離れないようだ。仕方なく弓で卵を射る。憤怒《ふんぬ》のヒザマに襲われ、大火傷《おおやけど》を負うもどうにか逃げる事に成功。守護龍殿の水の気をお借りし、結界に織り込んだ』

鳥の姿をした、火災を起こす妖怪。父に卵を壊されてしまったならば、さぞや恨んでいるに違いない。

背筋から冷や汗が流れ落ちるのを感じる。もう、すぐそこまで来ているのではないか。

その時、大きな鳥の声が汽笛のような音量で周辺一帯に響き渡った。

鶏《にわとり》を十倍の大きさにすれば、こんな低い鳴き声になるだろうか。明らかにカラスともスズメとも全く違う鳴き声である。

窓の外へと視線を移したが、何も見えない。私は部屋の中から武器になりそうな物がないか、慌てて探し出した。

見つかったのはお札と短弓ぐらいで、弓の経験などない私は都合のいい武器が見つからなかった事にがっかりした。一応お札だけ鞄に入れておく。

どうするべきか。

此処《ここ》に来れば、周君の姿が見られるのではないかと思ったが、現実はそう甘くなかった。鳥ならば、恐らく空を飛んでいるのだろう。今の状況で倒せるイメージがまるで浮かばない。

骨女の時は心強い味方が二人もいた。けれど私一人でヒザマという妖怪は荷が重すぎる気がした。

勇気と蛮勇は違う。やっぱり、逃げるべきだ。

そして一刻も早く此処を離れ、石宮《いしみや》さんに相談するしかない。

私は急いで鞄にノートを押し込んで肩から掛けた。玄関に向かうと自転車の鍵を偶然にも見つける。

家の前に止められていた父の古い自転車を思い出し、使わせてもらう事にした。

外に出て空を見上げ、鳥の影がない事に一先《ひとま》ず安心する。自転車に跨《また》ったものの、父と足の長さも違ってうまく漕《こ》ぎ出せない。

それをどうにか乗りこなして家の前の道路に進み出た瞬間、強烈な視線を感じてはっと道路の先に視線を向けた。

そこには電柱の半分ほどの高さもある大きな赤色の鶏が、忽然《こつぜん》と姿を現してこちらをじっと見ていた。

形は鶏だが、赤々とした羽は炎のように鮮やかで美しい。尾羽は長く伸びて、風に揺らいでいる。家禽《かきん》としての親しさはなく、雉《きじ》のような野性味のある鳥だった。

「そっか、鳴き声は鶏だったっけ……」

思わず乾いた声で自分の失敗を悟る。空ばかり警戒していたが、鳥だって地面を走るのだ。

恐らく見つめ合っていたのはほんの数秒の事だろう。

ヒザマは私を父と認識したのか、甲高く歓喜の雄叫《おたけ》びを上げたのだった。

その鳴き声を合図に、全力で自転車を漕ぎ始める。慣れていない父の自転車とはいえ、命の危機は私にその違和感など吹き飛ばしてしまった。

そんな私をヒザマは走って追いかけてくる。鶏に馴染《なじ》みのある人であれば、家禽の彼らが意外に凶暴であるのを知っているだろう。

一度敵であると認識すると、蹴《け》り飛ばそうと全力で向かってくるのだ。

人気のない道路に感謝しながら闇雲に自転車を漕いでいく。直線だと追いつかれてしまいそうなので、角をなるべく曲がって攪乱《かくらん》しようとした。

それでもヒザマは私を見失う事なく追ってくる。子供を失った恨みは深いに違いない。

とにかく人気のない方向へ行くべきだ。駅から離れる方向へと自転車を漕いでいくが、土地勘などないので神社へと逃げ込む事もできない。

大きな羽ばたきの音が聞こえたので後ろを振り返ると、助走をつけてこちらに飛び掛かってくる姿が見えた。

片手をハンドルから離し、後ろを見ながら印を組む。

「行《ぎょう》、神《じん》、変《ぺん》、通《つう》、力《りき》、縛《ばく》！」

ヒザマは足を取られたようにその場に倒れこむ。けれどすぐさま拘束を振りほどくような動作をし、再びこちらへ飛び掛かってきた。

今度は逃げる間もなくまともに自転車ごと倒されてしまう。数メートルは吹き飛ばされ、アスファルトに打ち付けられた足に酷《ひど》い擦過傷ができてしまった。

じわじわと痛む足を押さえてヒザマを見上げると、勝者の余裕でゆっくりと近づいてくる姿があった。

こんなところで、死ぬわけにはいかない。

視界の隅に、建物の間に人が一人通れる狭い空間があるのが見えた。そこへ急いで走り出す。

ヒザマは追いかけて来たが、体の大きさから建物の壁に塞《ふさ》がれて入る事はできなかった。

隙間に頭を伸ばしてくるがどうやっても入れないのだと悟ると、不満そうにその道路の前をうろつきだす。

ようやく落ち着く事ができたが、この隙間の反対側に抜けたところで、直ぐに追いつかれてしまうだろう。

どうにか撃退する以外に、選択肢はなかった。

術を放つために目を閉じて心を静め、集中する。

けれど石がぶつかるような異様な音がして、思わず目を開けるとコンクリートの壁を嘴《くちばし》でつつく姿が見えた。

一刻も早く術を放たなければならないのに、嫌な予感がしてヒザマを観察する。

自分の直感を信じてヒザマを注視していると、まるで息苦しいかのように口を開けて早い呼吸を繰り返している。

その口腔《こうこう》から赤い光が零《こぼ》れているのが見えた。この鳥の特性を思い出し、慌ててこのコンクリートの隙間から向こう側に駆け抜ける。

道路に飛び出て直ぐに、隙間の直線上から逃れるように横に転がった。

赤い光と灼熱《しゃくねつ》がほんの握りこぶし一つ分横を通り過ぎていく。焼かれた一部の髪が縮れたのが視界の端に映った。

さながら火炎放射器のような恐ろしい威力を目の当たりにし、唾《つば》を飲み込む。

こんな特技を持っている相手に、どうやって対抗すればいいのか。

急いで体勢を立て直して駆け出しながら、必死で考える。

単なる隙間では駄目だ。外からこんな攻撃を受けても大丈夫な、コンクリートの建物の中に逃げ込まなければ。

でもそんな都合よく逃げ込める建物が見当たらない。走っても走っても、何処にもない。

大きな足音が聞こえてくる。人の足で逃げようとするのが、元々無謀な試みだったのだ。

しまいには幅の長い直線道路に出てしまって、逃げ込む路地すら見当たらなくなってしまった。

走りながら後ろを振り返る。

ああ、また、炎を吐こうとしている。

きっとこの距離ならば、逃げられないだろう。分かっているのに、どうする術《すべ》もない。

口の中から業火が現れるのを、やけにゆっくりとした体感速度で見入ってしまう。

赤が視界を埋め尽くし、眩《まぶ》しさに反射的に目を閉じた。

炎の塊に、呑《の》み込まれた。

熱風に包まれる。

……なのに、少しも熱くない？

酷い痛みを予想したのに、皮膚に違和感などがない。

続く炎の渦の中でうっすらと瞼《まぶた》を開けて、炎が防がれているのを知った。まるで自分がガラス玉の中にいるかのように、恐ろしい炎は近づいてこられない。

「なんで……？」

一つの可能性に気付き、鞄《かばん》を開けて覗《のぞ》いてみる。そこには一際強い光を放つ龍玉《りゅうぎょく》があった。

龍玉の水の気が、向かい来る炎を防いだのだ。

周君が、守ってくれた。

どんなに離れていても、周君は私の事を守ってくれているのだ。

今此処に居ない彼に、切なさがこみ上げる。恋は深まるばかりで死の危険を感じる今でさえ、周君を捜しに来た事を後悔はしていない。

炎が収まり、ヒザマは平然と立っている私の姿を見て不思議そうに首を傾げた。

人の言葉は話さないが、その態度でどう思っているかは分かる。

『何故、あの人間は死なない？』そして『まあいい、もう一度やればいいだけだ』といったところだろう。

再び口を開き、炎を吐く動作をする。しかし龍玉がある限り、私には届かないだろう。

そう固く信じ、逃げる事もせずヒザマに対峙《たいじ》する。

深く深く自分の内面に潜り込み、ただ追い払う事だけを念じながらうっすらと瞼を開けた。

音は遠ざかり、視界には自分とヒザマしか映らない。冷水のような澄んだ精神が、まるで何者かに乗り移られたようだった。高らかに告げる呪文が空間に響き渡る。

「荒神《こうじん》式神、この地に行い招じまいらする。荒神の下げたる剣、寿命魂魄《ずみょうこんぱく》切れて離れて即滅そばか！」

一瞬ぼんやりとした陽炎《かげろう》のような光が浮かび上がる。人影のようにも見える形をはっきりと認識する前に、その影は一閃《いっせん》の剣の軌跡となってヒザマへと飛び込んでいく。ぐらりと、直撃を受けたヒザマが大きくよろけた。そして地面にへたり込み、羽を地面に広げて伏せる。

首こそ持ち上がったままだったが、大きなダメージを受けているように見えた。

もう一度。もう一度同じ術を使って、今度こそ退治しなくては。

再び集中を深める私に、ヒザマはふらつきながらも体を起こす。そして、怯《ひる》まず立ち向かって来た。

弱っていて速度は遅いものの、鋭い嘴を私に目掛けて振り下ろしてくる。酷い怪我をして只《ただ》の動物であればとっくに逃げているだろうに、私を攻撃する事を諦《あきら》めようとしない。

それを避ける事は、私でさえ容易な程だった。

可哀想だった。

子供を失って、ボロボロになってまで復讐《ふくしゅう》をする姿が哀れでならない。

本当に只の鶏のように、卵があった事さえ忘れてしまえればどれだけ幸せだっただろう。

けれどこの妖怪《ようかい》は鶏の見た目をして、鶏ではないのだ。

「……お願い、もう、帰って！」

気づけば呪文を唱える事もせず、ヒザマに向かって叫んでいた。

「お父さんは、もう亡くなってる。復讐する相手は、もういないの。お願い。私、貴方《あなた》を退治したくない」

火事を起こす妖怪が、何処に行けば幸せになれるのかなんて分からない。この場で退治してしまうのが、本当は最善の方法なのかもしれない。

けれど今、目の前のヒザマに止《とど》めの術を放つ事が、どうしてかできなかった。

ヒザマは語り掛ける私に、首を傾げる。攻撃をしない私に戸惑ったようだった。

けれどしばらくの躊躇《ためら》いの後、やはり私を攻撃する事にしたようだった。口を開いて炎を吐き出そうとする。

それを真正面から受け止める。逃げる事なく、微動だにせず、ただ向かい来る炎の渦に向き合った。

そしてそれを遮るように、私の正面に横から飛び込んできた人影があった。

炎に向き合い水の剣を構えて私を背に庇《かば》う、その後ろ姿。私が見間違える事はない。

「周君」

そして彼を避《よ》けるように、炎は二つに割れて通り過ぎて行った。

求めていた姿に、縋《すが》りたくなる。けれど周君は初めて聞く怒りの声で、私を怒鳴りつけた。

「何故逃げない！」

私を背に庇いながらも、顔だけ向けて激しく問い詰める。

「世を儚《はかな》んだというのか？　馬鹿な事を！」

どうやら自殺しようとしていたと誤解しているらしい。確かに攻撃もせず棒立ちのまま、炎に呑まれていれば自殺願望があると誤解されてもおかしくない状況だった。

「ち、違うわ！」

慌てて首を横に振って否定する。周君は片眉《かたまゆ》を上げて厳しい表情で私を観察した後に、目を見て死ぬ気がないのが分かったのか、再びヒザマに向き合った。

「後で聞かせてもらいます。……だがまずは、これを相手にしてからです」

ヒザマは突然現れた水の気を持つ人外の少年を、怖れるように首を下げながら警戒していた。

火は水に弱い。彼が天敵ともいうべき性質の持ち主であると、直ぐに悟ったのだろう。先程までのように攻撃を繰り出してくる事もせず、慎重にこちらの様子を窺《うかが》いつづけている。

それに対し、周君は水の剣を手に持ち地を踏みしめ、少しのきっかけでもあれば、剣を振り下ろすような構えである。

戦う前から決着がついているようなものだった。

「周君、私に少しだけ時間を頂戴《ちょうだい》。説得したいの」

「説得？」

「そう」

周君は再び顔を私に向け、理解できないような顔をしていた。自分を殺しに来た妖怪を、何故説得したいと思うのか、分からないようだった。

「本当にこの妖怪にとって、復讐したい相手はもういない。それなのに、知らずに必死で殺そうとしている。……仕方のない事なら、諦める。でもその前に、他に道はなかったのだと思い知りたいの」

父が卵を割りたくて割ったわけではないとか、そんな事情は今は無駄な回顧だ。けれど子を父が殺し、親を私が殺す。それは悲しい継承のように思えた。

もちろん、自分のような未熟な人間ができる手段なんて限られている。

でもそれを試してみるのと、はなから諦める事には大きな違いがあるはずだ。

「相変わらず、甘い」

そう言いながらも顎《あご》でヒザマを示し、私に少しの猶予をくれた。

蛇に睨《にら》まれた蛙のように動けなくなっているヒザマの前に、周君の背から離れて姿を現す。

そして、深々と頭を下げた。

「父が、貴方の卵を割ってしまってごめんなさい」

それ以上の言葉をつけ加えもせず、ただヒザマに向かって頭を下げる。

戸惑っている気配が伝わってきた。違和感に気付いたのかもしれない。どれだけ雰囲気が似ていようとも、見た目も性別も違う。

言葉は通じずとも訴える様子を、ヒザマは目を凝らしてじっと観察してくる。

やがてヒザマは失望したような、泣いているような、小さな鳴き声を漏らした。

その声に頭を上げてみれば、張り詰めていた気が霧散したのか、大きな体がふらついているのが見えた。

その内、完全に地面へと倒れ伏してしまう。目は閉じられ、脱力しきった様子は死んだようにも見えた。

「気絶したみたいですね」

妖怪は死んでしまうと形も全て消えてしまう。だから形が留《とど》まっているという事は、まだ生きているという事だ。それだけ憎む相手ではなかったという失意が深かったのかもしれない。

「……何処かヒザマが、そのままで生きていける場所があればいいのに」

周君が私の呟《つぶや》きにしばらく考えた後、提案してくれた。

「北の海上に、雁道《がんどう》という人が辿《たど》り着けない龍の島があります。水の気に満ちたその場所ならば、火を操るものであっても只の獣と同じように暮らせるかもしれません」

期待に満ちた眼差《まなざ》しで、周君を見る。

「けれど、倒してしまう方が簡単ですよ。人だって害獣を駆除するでしょう」

時々見られるこの冷淡さは、彼の元の生活を思えば仕方のない事だ。私が悩む様子を見せなければ、自分から提案などしなかっただろう。

「そうかもしれない。でも、私がそうしたくないだけなの」

理由なんていくらでも後から考える事ができる。結局は、自分がどう望むかでしかないのだ。

私は単にヒザマと向き合って、その怒りを哀れんだ。それが少しでも癒える時があればいい。

私の頑固さに負けたのか、周君はそれ以上何も言わなかった。けれど今度は、別の件に関して顔を険しくさせて私に口を開いた。

「何故、その目のままなのですか？」

「それは……」

私がこの目のままである事が、どうやら怒りの原因のようだ。でも私にも譲れない思いがある。

「見えなくなるのが惜しくなったから。私、周君と一緒にいたい」

嘲《あざけ》りの表情を浮かべて彼は言う。

「死の危険すら凌駕《りょうが》すると？　馬鹿な」

「超えるわ」

断言する私に、少し怯んだようだった。畳みかけるように同じ言葉を繰り返す。

「超える」

私の言葉に、苦い顔をした。

「一時の気の迷いですよ。少し前まで、手放したいと言っていたでしょう」

私の思いは、勘違いや底の浅いものだと言うのか。

それは違う。恋してからの時間は短くても、思いは海のように深い。私と周君が出会ってから、降り積もっていたものに気が付いただけなのだ。

「知らなかったから。でも、周君がずっと傍にいて、私にしてくれていた事を知った時に、どれだけ惜しい気持ちになったか。私はこれからの未来、大切なものを逃していきたくない！」

必死に叫ぶ。私の感情が、周君に届くように願いながら。

けれど周君は少年には不釣り合いな達観した目で、諭すように私に言った。

「人と龍《りゅう》。どれだけ違うのか、貴女《あなた》は知らない。その冷酷さに幻滅するでしょう」

「知っているわ。記憶を見たもの。それでも、周君が好き」

何度告白すれば、周君に届くのだろう。けれど届くまで、諦めずに同じ言葉を繰り返したい。

千年も続けば、それが本当だと気づいてくれるだろうか。

私の言葉を拒否し続けていた周君だったが、その冷たい表情が少し崩れる。苦し気に眉を寄せる表情は、追い詰められているようにも見えた。

「私は、柚葉《ゆずは》さんの事を見守りたいと思いこそすれ、恋心など抱いていません」

また、そんな嘘を吐く。

「龍玉を手放す程、大事に思っているのに？」

私は鞄《かばん》から彼の龍玉を取り出し、差し出した。掌《てのひら》の上で龍玉は煌《きら》めいて水面のような美しい波紋を映している。

彼の力の塊。それを手放して、只見守りたいなんて言い逃れは通用しない。周君は真顔になって龍玉を見た。そして出された玉を受け取り、手に握る。彼の物である龍玉は、周君の掌に触れた瞬間喜ぶように一際強く輝いた。

逃れられない証拠を前に、それでも彼は自分の思いを口にしない。ただ深く息を吐き、瞬《まばた》きをする。

こちらをまっすぐ見据える目は、金に輝いていた。

「ならば、思い知れ。私を眼前にしても同じ事が言えるのか」

突風が吹いた。

咄嗟《とっさ》に腕で顔を庇う程の強風で、砂粒が顔に当たる。瞼《まぶた》を開けるのも困難な中、薄目で正面を見れば少年の姿は光の塊と化していた。

光は量を増し、花火のように空に向かって線を描く。

線は数瞬の間に太さを増し、くねらせ、形ができ上がっていく。

強風が吹き終わる。止まっていた息をする。

ようやくまともに目を開いて見れば、空から大きな一匹の龍が私を見下ろしていた。

光が煌めく鮮やかな緑の鱗《うろこ》。牛すら貫けそうな鋭い牙《きば》が見える。耳は長く尖《とが》って、長い髭《ひげ》が二本風にたなびいていた。

人の身でその巨体を前にして、迫力に圧倒される。巨大な建造物のような、あるいは厳かな山のような存在感。それが生きて、動いているのだ。

沸き起こる畏敬《いけい》の念。なんて恐ろしく、美しい存在だろう。

只《ただ》の小さな人間と、何もかもが違う。一致するものなど何処にもない。

それでも。

……それでも。

「好き」

一歩、また一歩と近づいていく。少しでも彼が動けば、地面との間に挟まれ潰《つぶ》されてしまいそう。

けれどその龍もまた、何かを期待するかのように全く動かなかった。

そしてとうとう大きな顔の前に辿り着く。そっと右手で触れてみた。初めて触った龍の体温は、冷たくて心地よい。

ひたり。全身をその鼻梁《びりょう》にひっつかせてみる。

ああ、呼吸している。生きている。

「好きよ」

抱き合えない体格差。恋しさを伝えるように頬を寄せた。

「……お願いです。人と恋して。人の世で生きてください。私は、貴女が不幸になるのを見たくないんです」

まるで泣き言のような情けない言葉が、恐ろし気な龍の口から漏れる。

だから私は笑って、顔を上げてその大きな目を覗《のぞ》いて言った。

「それは変よ。だって私、周君がいてくれたら、それだけで幸せだもの」

龍の姿が弾《はじ》けて、強く誰かに抱き寄せられた。気が付くと人の姿になった周君が、私を腕に閉じ込めていた。

「この手を、離さなければならないのに」

そう言いながら、強く腕に力を込めている。欲と相反する理性が表れているようだった。

その背中に腕を回して、優しく撫《な》でる。

「離さないで。お願い。私の、一生の間だけでも」

きっと重なる時間は、周君にとって短いものだろう。だからこそ惜しんで欲しい。一分一秒も、余さず共に過ごしたい。

「残酷だ」

知っている。きっと彼はいつか酷《ひど》く傷つくだろう。

それでも、私はまだ生きている。だからお願い。今の私と向き合って。

苦しいぐらいに強かった腕の力が、徐々に緩められていく。少しだけ体の隙間が空いて、私は彼の顔を見上げる事ができた。

綺麗《きれい》な金の目が私を映す。

恋しさが溢《あふ》れるように細められていく。

「柚葉さん」

誰にも聞こえないような小さな声で、彼は耳元に囁《ささや》いた。

「愛しています」

私は少し背伸びして、同じように周君の耳元に口を寄せた。

「私も」

心が通じ合う。もう彼は逃げようとしなかった。私の腕の中に大人しく捕らえられている。

それが言葉ではどうやっても言い表せない程嬉《うれ》しくて、それを少しでも伝えたくて。

私は目の前の頬にキスをする。

突然の事に、周君は一瞬驚いた顔をした。けれど顔を緩めると、お返しとばかりに私の顔に手を添える。

重なる顔。伝わる熱。

私は、幸福の全てを手に入れた。

第七章

見覚えのある石階段を一段ずつ上がっていく。スーツケースの荷物は重く、持ち上げるのが大変だが仕方ない。

「持ちましょうか？」

幾度目かの周君《あまね》の提案に、首を横に振って答える。

「大丈夫……。ありがとう」

強情な私に少し呆《あき》れた顔で、私が倒れないように後ろから歩調を合わせてついてきた。だってこんなに物を詰め込んだのは自分なのだ。申し訳なくて持たせられない。

けれど半分ほど上ったところで、不注意でふらついてしまった。

「わ」

倒れそうになった体を、すかさず周君が抱き留めてくれる。そして困った顔をして、言われてしまった。

「持ちます」

「……はい」

大人しく厚意に甘えさせてもらう事にする。大きなスーツケースを軽々と持ち上げ、簡単に上っていく姿に頑固だったかもしれないと反省した。

息を切らしながら階段の先を見上げれば、朽ちた赤色の鳥居が前と変わらず佇《たたず》んでいる。その鳥居の下で、石宮《いしみや》さんが片手を上げて上ってきた私達を笑顔で出迎えてくれた。

「おー、よく来た」

本当のおじいちゃんのように安心する優しい顔に、私も笑顔で手を振った。

「お久しぶりですー！」

軽くなった体で残りの階段を上り切る。そして石宮さんに向かって頭を下げた。

「今日から、よろしくお願いします」

「はい、こちらこそ」

剽軽《ひょうきん》な仕草で一礼を返してくれた。冬休みの間に少しでもこちらの世界の事を知りたくて、修行をお願いしたのだ。

代わりに年末年始に巫女《みこ》さんのバイトをさせてもらう事になっている。快く引き受けてくれた石宮さんには頭が上がらない。

「大学の勉強はどうかね」

「ええと……ぼちぼちです」

忌引きも含めて結構休んでしまったので、実は追い込まれている。次の試験は厳しい結果になるかもしれない。

暗い顔に状況を察したのか、優しく肩を叩《たた》いて励まされた。

「一つ聞いておこうと思ったんだが、お父様の跡を継ぐつもりかね？」

修行をしたいなんて願い出たものだから、そっちの道を選んだのかと思ったらしい。私は首を横に振って答える。

「まずは、普通の人として生きていこうと思ってるんです。それが父の望みでもあったから」

社会人になって普通の生き方をしてみたいのも理由の一つではあるが、本当は拝み屋という職業は私にとって、とてもハードルが高くて名乗れる自信がないからだ。

命からがら助けを求めてきた人の救いとなるには、私は未熟すぎて力になれない気がする。

それに妖怪《ようかい》にも引けない事情があった時、私はきっと同情してしまう。それはきっと、弱さだ。

それでも『まずは』なんて言葉で、確定しない曖昧《あいまい》さを石宮さんは許してくれた。

「そうか。まあ、気長に向き合えばいい。周君も、息災かね」

「はい。石宮さんもお元気そうで何よりです」

人ではないと知っているにも拘《かか》わらず石宮さんは、普通に挨拶《あいさつ》をする。気負わない対応の裏に、日頃から妖怪に接しているのが窺《うかが》えた。

そういえば最初から周君が人ではない事に気付いていた。いつか私も、何て事はないように妖怪に向き合える日がくるだろうか。

そうなればいいなと、胸中で呟《つぶや》いた。

「荷物は社務所へ。それが終わったら拝殿においで」

「はい」

拝殿へと向かって行く石宮さんの姿を見送り、私は後ろにいる筈《はず》の周君を振り返った。

「よし、行こうか」

しかし振り向いた時には、その姿はスーツケースと共に何処にも見当たらない。

「周君？」

一体いつの間に消えていたのだろうか。私は首を傾げ、境内の中を捜す事にした。

◆

ご神木の大きなクスノキの前で周は一人佇んでいた。その洞の中に向かって、話しかける。

「人と暮らすのは、侘《わび》しくないですか」

小さな笑い声が洞から響く。その暗闇を見続けていると、ゆっくりと白蛇が姿を現した。

「侘しいのかい？」

「いえ。ただ、人の生は短いでしょう」

「そう。余所見《よそみ》をしていればあっという間に過ぎてしまう……。人の百年、我らと余りに違う。……だからこそ、目を凝らす」

人と暮らしだしてまだ時を経ていない若い龍《りゅう》に、白蛇は助言してやる事にしたらしい。

その言葉が理解できず、眉《まゆ》を寄せる私に言葉を重ねた。

「そう。若葉の萌《も》える春、茂る夏、紅葉の秋、裸木の冬と、木が一年を通じて同じ姿ではないように。目を凝らしなさい。龍殿。そうすれば人の時を少しでも知る事ができよう」

逆に言えばそれ以外に、方法などないのだ。

そんな事で慰めになるだろうかと思ったが、振り返ると彼女を見守り続けた日々は、確かに空よりも濃密であった。

自分を見る蛇の目に、哀れみが映っているような気がした。恐らく白蛇も経験した悲しみが、これからの私に待っている。

「周君」

振り向くと柚葉《ゆずは》が立っていた。私を捜していたのだろう。私と目が合った瞬間、花開くような笑顔になる。これほど愛らしいものが、他にあるだろうか。

「捜しちゃった。あ、白蛇さん」

白蛇は先程までの哀れみの表情を消し、穏やかな雰囲気で柚葉を歓迎した。

「よく来たね」

「はい、またお世話になります」

「そうか。この時期は石宮も忙しいから、助かると思うよ」

彼女は白蛇の言葉に嬉しそうに笑う。その目を持つ事で悲しむばかりかと思ったが、最近では以前よりよく笑うようになった。

周囲からは時折白い眼を向けられてしまう事もあるのに、そんな時は失敗したと少しだけ眉を下げてしっかりと気持ちを切り替える。

いつの間にこんなに強い心を持つようになっていたのだろう。

ああ、確かに変化は目まぐるしく、ひと時も目を離せない。

「行こう、周君。石宮さんを待たせちゃう」

「そうですね」

白蛇に一礼して、私達は歩き出した。彼女に腕を引かれ、石畳の上を歩く。

「挨拶するなら、一緒に行けばいいのに」

「すみません」

そう言って柚葉は少し口を尖《とが》らせる。本当は一人で白蛇と語りたかった為にわざと離れたのだが、そんな事は口にしない。

元々柚葉に姿を見られていない時期が長かったので、気を配る癖がないのだとそんな風に思っているのだろう。

「スーツケースは？」

「もう、置いておきましたよ」

「そっか。ありがとう」

風に揺れる彼女の髪は、人の姿で初めて会った時よりも少しだけ長く伸びている。

それに流れる時を感じ、気付いた時には手で触れてしまっていた。

「どうしたの？」

「……いいえ、少し伸びたかと」

「そうかな」

私の言葉に、柚葉は自分の髪に触れて指を絡ませた。

「……そういえば、周君ってもしかして大人の姿になれるの？」

「どうしたんですか。急に」

「若い姿なのは龍玉がなかったからだと思ってたんだけど、周君ずっとその姿のままじゃない？」

「人間は急には姿を変えないでしょう」

簡単に姿を変えては人間は落ち着かないだろうと配慮していたのだが、柚葉は気にした様子はなかった。

「そっか。敬語のままなのは？」

「癖になってしまっただけです」

柚葉は足を止め、好奇心に満ちた視線を向けてくる。

「もしかして、見たいんですか？」

「ちょっとだけ」

周囲に視線を向けて、誰の姿も見えないのを確認する。

とりわけ拒否する事でもない。望むとおりに、姿を変化させた。

背は伸び、顔の彫りは少し深くなる。体つきはより筋肉質でがっしりとしたものになり、先程の姿よりも体に気力が満ちた気がした。

少し高くなった目線で柚葉を見下ろす。すると目を大きく見開き、茫然《ぼうぜん》とする顔があった。

しばらくの間まるで石のように固まってしまったが、その次には顔がみるみる赤く変化していく。

その顔の、なんと可愛らしい事か。

瞬間、時が止まった。

鮮やかに目の前の彼女が脳裏に焼き付く。写真で撮るよりも鮮明に、心さえも時を忘れた。

利那《せつな》の永遠。真理を悟る。

重なる時の短さに隠れた、消えぬものに気が付いた。どれほど時が経とうとも、私は今を忘れる事はないだろう。

知らないうちに笑っている自分がいた。同じように向かい合わせの彼女もはにかむ。

愛《いと》おしい。

「柚葉」

沸き起こる衝動のままに、小さい体を抱き寄せた。
身じろぎするのを抑えるように力を籠《こ》め、距離をなくすように頬を摺《す》り寄せた。
そっと背中に回された手の小ささ。伝わる熱は恥じらいの為かいつもより熱い。
「周君」
その声だけで、どれほど酔わせられるのか自覚がないのだ。
心に満ちる解放感。何より大切なものが腕の中にあるという恍惚《こうこつ》に、瞼《まぶた》を閉じる。
龍は永遠にも感じる幸福を確かに手に入れた。

あとがき

お久しぶりです。もしくは初めまして。戌島百花《いぬじまももか》です。

『龍《りゅう》のいとし子』を最後までお読みいただきまして、ありがとうございました。

今回、初めて現実世界が舞台のお話を書かせていただきました。普段は異世界の話ばかり書いているので、自分としては挑戦でもありました。

小さい頃から妖怪《ようかい》が好きで、二股尻尾《ふたまたしっぽ》の猫や、三本足のカラスがいないかと目を凝らして歩いたりしていました。こんな風に彼らの世界と重なっているといいなという願いと、皆様にその高揚感が少しでも届くよう思いを込めて書き上げてみれば、妖怪が沢山出てくる賑《にぎ》やかな小説になりました。

そして『払暁《ふつぎょう》』に次いで二作目の出版でもあります。二冊で完結する話とは違い、詰め込める内容に限りがあってエピソードの取捨選択に随分頭を悩ませました。そんな苦労もありましたが、やはり本を作る作業はとても楽しいです。そんな経験がまたできたのも、皆様のお陰です。

作品を手に取っていただきまして、ありがとうございました。

戌島　百花

【参考文献】

・『呪術探究　巻の二　呪詛返し』呪術探究編集部（編）／原書房
・『呪術探究　巻の三　忍び寄る魔を退ける結界法』呪術探究編集部（編）／原書房
・『鳥山石燕　画図百鬼夜行全画集』鳥山石燕／ＫＡＤＯＫＡＷＡ

お便りはこちらまで

〒一〇二―八五八四
富士見L文庫編集部　気付
戌島百花（様）宛
ハルカゼ（様）宛

富士見L文庫

龍《りゅう》のいとし子《ご》

戌島百花《いぬじまももか》

2019年8月15日　初版発行

発行者　三坂泰二
発　行　株式会社 KADOKAWA
〒102-8177　東京都千代田区富士見2-13-3
電話　0570-002-301（ナビダイヤル）

印刷所　旭印刷株式会社
製本所　本間製本株式会社
装丁者　西村弘美

ISBN 978-4-04-073285-5 C0193

後宮妃の管理人
～寵臣夫婦は試される～

著／しきみ 彰　イラスト／Izumi

後宮を守る相棒は、美しき（女装）夫――？
商家の娘、後宮の闇に挑む！

勅旨により急遽結婚と後宮仕えが決定した大手商家の娘・優蘭。お相手は年下の右丞相で美丈夫とくれば、嫁き遅れとしては申し訳なさしかない。しかし後宮で待ち受けていた美女が一言――「あなたの夫です」って!?

富士見L文庫